# Kornblumen Sommer

## ...ich habe dich geliebt

von

# Syna Ester

Bibliografische Information der Deutschen Nationalbibliothek .
Die Deutsche Nationalbibliothek verzeichnet diese Publikation
in der Deutschen Nationalbibliografie; detaillierte bibliografische
Daten sind im Internet über http://dnb.d-nb.de abrufbar.

Impressum
2018

© Autor : Syna Ester
© Cover : Syna Ester
© Fotos : Syna Ester

1. Auflage
Herstellung und Verlag:
BoD- Books on Demand, Norderstedt

ISBN: 9-783748-1111-46

Die Liebe
ist das kostbarste
auf dieser Welt,
denn sie beginnt dort,
wo die Einsamkeit
des Einzelnen aufhört.

Wie ein roter Feuerball stand die Sonne über dem Meer. Jeden Morgen wartete Gianni am Strand um das grandiose Schauspiel zu beobachten. Ein Wunder der Natur und Demut legte sich auf sein Gemüt. Ehrfürchtig blickte er über das Meer, hin zum Horizont. So lange er denken konnte, kam er morgens, vor Sonnenaufgang, an den Strand. Erst als kleiner Junge an der Hand seines Vaters und später mit seiner Frau. Das alles lag lange zurück.

Giannis Gedanken wanderten in die Vergangenheit.

Die Eltern waren schon vor vielen Jahren gestorben und Geschwister hatte er keine. Er wuchs geliebt und wohlbehütet auf. Ihm fehlte es an nichts. Sein Vater hatte eine gute Arbeit in einem großen Hotel und brachte einen angemessenen Lohn mit nach Hause, sodass seine Mutter nicht arbeiten gehen musste. Sie hatte es besser, als die meisten Frauen hier im Ort. Arbeit gab es nicht für alle und so manch einer musste sich und seine ganze Familie als Tagelöhner oder Hilfsarbeiter über die Runden bringen.

An manchen Tagen gab es auch keine Arbeit für alle und die Familien litten Not. Es war nicht so, dass die Familien hungern mussten, aber es reichte eben nur für eine Schüssel Spaghetti. Wenn die Not einmal gar zu groß wurde, dann half die Dorf-Gemeinschaft. Sie kannten sich alle und jeder hatte ein Auge auf den anderen. Es war gut, in dieser Gemeinschaft zu leben. Gianni erinnerte sich gerne an seine Kindheit zurück. Nach der Schule spielten alle Kinder des Dorfes gemeinsam am Strand. Gut, manchmal stritten sie auch miteinander, aber das war schnell wieder vergessen. Eigentlich waren sie alle richtige glückliche Kinder. Sie hatten eine Freiheit, die in einer Stadt unmöglich wäre.

Hier verlief das Leben überaus ruhig und beschaulich. Es gab nur wenige Autos und die Alten des Dorfes saßen auf den großen Steinen am Strand und behielten die Kinder im Auge. Ab und an kam eine der Frauen zu den Kindern und brachte ihnen kleine Leckereien. Es war eine heile Welt für die Kinder. Sie ahnten nichts von den Sorgen, die so manche der Eltern hatten. Etwas, wofür sie alle ihren Eltern später einmal sehr dankbar waren.

Gianni erinnerte sich sehr genau an diese Zeit.

Wenn die Glocken der Kirche anfingen zu läuten, war es an der Zeit nach Hause zu gehen. Wie jeden Abend rannten alle Kinder los um schnell zu Hause zu sein. Hatte sich doch bereits der Hunger bei ihnen eingestellt und sie freuten sich auf das Abendessen. Auch die Alten erhoben sich von den Steinen und schlurften auf ihren Pantoffeln nach Hause.

Auch er rannte wie ein geölter Blitz an der bimmelnden Kirche vorbei zu seinem Elternhaus. Seine Mutter hatte bereits die Mahlzeit gekocht und das ganze Haus duftete nach ihrem leckeren Essen. Jeden Moment musste auch sein Vater zur Tür herein kommen. Gianni wusch sich seine Hände und half seiner Mutter beim Tisch decken, als auch schon die Tür aufging und sein Vater mit lachenden Augen herein kam. Alle freuten sich, setzten sich an den gedeckten Tisch und ließen sich die gute Mahlzeit schmecken. Heute hatte seine Mutter etwas besonderes gekocht. Es gab gefüllte Auberginen und dazu gebackene Kartoffeln die er so liebte. Natürlich gab es, wie jeden Tag, vorher einen Teller Nudeln und zum Nachtisch verschiedene Früchte. Er aß so viel, dass er sich den oberen Knopf seiner Hose aufmachen musste und nach Luft schnappte. Sein Vater sah es und tat es ihm gleich.

„„Ja, so ist es", sagte sein Vater, „wenn man sich den Bauch zu voll schlägt; dann passt die Hose nicht mehr." Wobei er schallend lachte und seine Mutter und er lachten mit. Sie hatten immer viel Spaß miteinander und es wurde viel gelacht in dieser kleinen Familie. Unfrieden gab es sehr selten und wenn, dann wurde alles gleich wieder bereinigt. Niemals gingen sie im Unmut zu Bett.

So gingen die Tage und Jahre dahin.

Es war nun an der Zeit, dass er die Grundschule beendet hatte und er auf eine weiterführende Schule gehen musste.

Er lernte gut und gerne. So war es für ihn und seine Eltern selbstverständlich, dass er nach den Ferien mit dem Schulbus in die Kleinstadt fahren musste um dort die Schule zu besuchen. Es waren zum Glück nur ungefähr 20 Minuten mit dem Bus zu fahren, sodass er jeden Tag wieder nach Hause fahren konnte. Die Kinder aus den entfernteren Dörfern blieben die ganze Woche in der Schule und fuhren nur zum Wochenende nach Hause. Er war froh, dass er nicht die ganze Woche von zu Hause weg sein musste und seine Eltern waren es auch.

Die letzten Ferien vor dem Schulwechsel verbrachte er mit seinen Freunden am Strand. Urlaub machte hier keiner und warum auch? Hatten sie hier doch das Meer und hinter dem Dorf konnten sie in die Berge gehen. Außerdem hätte einen Urlaub, vielleicht sogar in ein anderes Land, niemand aus der Dorfgemeinschaft bezahlen können.

Gianni dachte zurück und eigentlich wollte es auch niemand, denn sie hatten hier ein kleines Paradies, das sie alle wohl zu schätzen wussten. Sie lebten in Frieden miteinander, wie schon vor ihnen die Großeltern und deren Großeltern. Fremde verirrten sich sehr selten in das kleine Dorf und wenn, dann waren sie nur auf der Durchreise. Sie waren zwar etwas abgeschnitten von dem Rest der Welt, aber, sie waren zufrieden mit ihrem Leben. Trotzt des zeitweiligen Geldmangels in manchen Familien, denn es kamen auch immer wieder bessere Tage. Sie kannten es nicht anders.

Gianni stand noch immer am Strand und blickte über das Meer. Leichte Wellen plätscherten dahin und die Sonne stand bereits voll am Morgenhimmel. Es wird wieder ein heißer Tag heute, dachte er bei sich und machte sich schließlich auf den kurzen Heimweg.

Ja, er war wieder zurückgekehrt in sein Elternhaus, aber davon später.......

Zu Hause bereitete er sich erst einmal einen Espresso und setzte sich an den kleinen wackeligen Küchentisch an dem er schon als kleiner Junge mit seinen Eltern einst gesessen hatte. Die Gedanken an die

Vergangenheit ließen ihn nicht los und so
ließ er ihnen freien Lauf.

Die Schulferien gingen dem Ende zu und
es war an der Zeit, die Hefte und Bücher
zu besorgen, die er für den Neuanfang
benötigte. Ebenso musste er eine neue
Schuluniform bekommen.

Doch etwas gab es, dass ihm innere
Unruhe bereitete. Bisher waren in seiner
Klasse nur Jungen und in der neuen
Schule wurden Jungen und Mädchen
gemeinsam unterrichtet. Hatte er bisher
auch mit Mädchen gespielt, so war dieses
eine völlig neue Situation für ihn. Er war
sehr gespannt auf den Unterricht, weil er
sich nicht vorstellen, wie das funktionieren
sollte. Mädchen waren doch ständig am
kichern und herumalbern....

Sein Vater hatte ihm davon erzählt, weil
er bei dem Einschulungsgespräch nicht
dabei sein konnte, da er eine Erkältung

hatte und mit Fieber im Bett bleiben musste. Nun, sie werden dort an der neuen Schule schon wissen, was sie machen und sein Vater hatte außerdem noch gesagt, dass bereits auch er und sein Vater diese Schule besucht hatten. Seine Mutter hatte eine reine Mädchenschule besucht, aber sie kam auch aus einem Dorf oben in den Bergen. Dort oben gab es nur zwei Schulen in denen die Kinder, nach Geschlechtern getrennt, bis zur 8. Klasse unterrichtet wurden. Oben in den Bergdörfern waren die alten Sitten noch strenger als hier unten in den Dörfern am Meer.

,,Morgen werden wir alle zusammen in die Kleinstadt fahren und deine Sachen für die Schule zu kaufen". sagte seine Mutter zu ihm und strich ihm sanft über das Haar. Er sah seine Mutter an und sie konnte die Freude in seinen Augen sehen. Mein Junge, mein geliebter Junge, dachte sie bei sich, wie schnell bist du groß geworden; wo sind die Jahre geblieben? Sie wusste, was der neue Lebensabschnitt für ihren Sohn und für die kleine Familie bedeuten würde. Ein Kind zieht in die Welt und wenn dieses Kind die Schule beendet hat, kehrt er als Mann heim.

Für seine Mutter war die Kleinstadt schon die große weite Welt.

Gianni musste bei dem Gedanken daran lächeln. Wie sehr liebte er seine Mutter und auch, wenn sie jetzt schon so viele Jahre nicht mehr lebte, in seinen Gedanken und in seinem Herzen war sie immer bei ihm. Ebenso sein geliebter Vater, von dem er als kleiner Junge so vieles gelernt hatte. Der seine Hand nahm und ihm geduldig auf alle seine Fragen antwortete.

Der morgens, vor Sonnenaufgang, mit ihm an den Strand ging, damit sie gemeinsam die Sonne aus dem Meer aufsteigen sehen.

Gianni wischte sich verstohlen eine Träne aus dem Auge. Die Erinnerungen an die Eltern schmerzte noch immer...

Sie zogen sich alle ihre beste Kleidung an und machten sich beizeiten auf den Weg in die Kleinstadt. Ihr uralter kleiner Fiat ratterte und knatterte während der ganzen Fahrt, sodass man denken konnte, er fällt jeden Moment auseinander. Aber er hielt sich tapfer und sie erreichten die Kleinstadt ohne Panne. Sein Vater kannte sich hier aus und er steuerte mit ihnen gleich die richtigen Geschäfte an. Die Einkäufe waren schnell erledigt und, um den kleinen Ausflug perfekt zu machen, lud sein Vater alle in die kleine Bar auf ein Eis ein.

Gianni erinnerte sich noch ganz genau, wie gut ihm das Eis geschmeckt hatte und wie glücklich er war.

Gutgelaunt gingen sie zu ihrem Auto und

traten die Heimfahrt an und als seine Mutter ein Lied anstimmte, das alle mitsingen konnten, war der Tag perfekt. Wieder zu Hause schaute er sich noch einmal alle seine neuen Sachen an und probierte noch einmal die dunkelblaue Schuluniform an. Er sieht aus wie ein kleiner Prinz, dachte seine Mutter bei sich und ihr Herz fing an zu tanzen vor lauter Liebe und Glück.

Sorgsam legte er alles in den Schrank. Bis zum Abend wollte er noch mit seinen Freunden am Strand zusammen sein und ihnen von seinem heutigen Erlebnis erzählen. Er war sehr stolz aus seine neuen Sachen und platzte gleich, als er bei ihnen angekommen war, mit den Neuigkeiten heraus. Staunend sahen sie ihn an und sogleich begannen sie alle durcheinander zu reden. Niemand verstand mehr ein Wort. Gianni musste alles haargenau erzählen, denn keiner seiner Freunde hatte das Glück in der Kleinstadt die Schule zu besuchen. Diese Schule kostete Geld. Geld, das die anderen Eltern nicht hatten und so mussten seine Freunde, Jungen und Mädchen, nach oben in das Bergdorf fahren um dort die nächsten 4 Jahre, bis zum Abschluss der 8. Klasse, die Schule zu besuchen.

Sicher waren einige unter ihnen, die durchaus die Fähigkeiten hatten, auch das Gymnasium in der Kleinstadt zu besuchen, aber es war ihnen nicht vergönnt und sie fügten sich in ihr Los. Wer weiß, vielleicht würde sich im Laufe der Zeit noch eine Möglichkeit bieten, dass sie die Schule wechseln konnten.

Gianni dachte an Mauro, seinen besten Freund aus Kindertagen, er wäre so gerne Arzt geworden. Doch dazu hätte er erst einmal das Abitur machen müssen. Gianni wusste, dass sein Freund traurig war, aber dieser beklagte sich nicht. Nur, wer ihn genau kannte, konnte die Traurigkeit in seinen Augen sehen.

....und Gianni hatte sie gesehen.

Montag

Alle waren zeitig aufgestanden, den heute war der erste Schultag nach den langen Sommerferien. Heute musste Gianni das erste Mal alleine mit dem Bus in die Schule fahren. Alle waren aufgeregt und fragten ihn immer wieder, ob er auch alle Sachen eingepackt hat. Natürlich hatte er das und zwar schon am Abend zuvor. Seine Eltern brachten ihn zum Bus und gaben ihm noch etliche gute Ratschläge und Wünsche mit auf den Weg.

Der Bus fuhr los und plötzlich fühlte er ein grummeln in der Magengegend. Ihm war unbehaglich und mulmig zumute.

Was wohl auf ihn zu kam?

Da der Bus genau vor der Schule hält, brauchte er sich um den Weg nicht zu kümmern, sondern einfach nur hinein gehen. Er schaute aus dem Fenster um sich die Gegend genau einzuprägen, denn der Bus fuhr einige Umwege um alle Kinder einzusammeln, die in der Kleinstadt in die Schule mussten. Zwischendurch bestiegen auch einige Arbeiterinnen und Arbeiter den Bus. Die meisten sahen noch ziemlich verschlafen aus und saßen schweigend auf ihren Plätzen.

Der Bus hielt erneut und ein paar Jungen stiegen ein. Sie kamen bis nach hinten durch, wo er saß. Kurz schauten sie sich an. Doch dann stutzte Gianni und sein Gegenüber ebenfalls, sie sahen sich noch einmal richtig an und der Junge sagte zu ihm: „Dich kenne ich doch, Du bist der beste Freund von meinem Cousin, von Mauro. Wir haben uns einmal auf einem Fest bei euch im Dorf getroffen." Nun erinnerte er sich auch. „Ich bin Lukas," sagte der Junge zu ihm und setzte sich neben Gianni. Sie gaben sich die Hand und Gianni stellte sich ebenfalls vor. Lukas erzählte ihm, dass er seit einem Jahr in der Kleinstadt zur Schule ging und, dass es dort sehr streng zugeht, weil sie sehr viel lernen müssen. Aber es gefiel ihm gut dort und die Lehrerinnen und Lehrer sind in Ordnung meinte er noch. Gianni erzählte ihm, dass es für ihn heute der erste Tag an der neuen Schule ist und er ein wenig angst vor dem, was ihn erwartet, hat. Lukas beruhigte ihn und meinte nur, dass es ihm hier an seinem ersten Tag auch nicht anders ging, aber es gibt keinen Grund für irgendwelche Ängste. Wir gehen zusammen hinein und ich zeige dir wo du deinen Klassenraum findest. Gianni konnte sich noch gut an die Worte erinnern, zumal sie ihm das Unbehagen von der Seele nahmen. So war er doch nicht ganz allein und wer weiß, vielleicht würden aus Lukas und ihm auch noch Freunde werden.

Mit seiner freundlichen und hilfsbereiten Art konnte sich Gianni schnell in die Gemeinschaft integrieren und Freunde finden. Auch Lukas gehörte mittlerweile zu seinen besten Freunden. Die Lehrerinnen und Lehrer waren sehr zufrieden mit ihm und seinen Leistungen. Er aufgeweckt und wissbegierig; insbesondere hatten es ihm die Fächer der Künste angetan. Vor allem die Poesie beflügelte ihn. Da er in der Schule neben englisch auch griechisch lernte, hatte er großes Interesse an den Poeten der griechischen Antike und der Neuzeit. Es musste wohl so ungefähr 12 Jahre alt gewesen sein, als er seinen Vater bat, ihm ein Buch eines griechischen Poeten und Schriftstellers zu kaufen. Sein Vater erfüllte ihm gerne diese Bitte. Er war so stolz auf seinen Sohn, der in diesem Jahr der Klassenbeste war und exzellente Noten mit nach Hause gebracht hatte. Auch seine Mutter war unsagbar stolz auf ihren fleißigen, intelligenten Sohn und oftmals kochte sie unter der Woche seine Lieblingsspeise um ihn zu erfreuen. Alle waren glücklich und zufrieden mit ihrem leben.

Dann kam der Tag, als sein Vater mit einer ernsten Neuigkeit nach Hause kam. Nach dem Essen blieben alle an dem Tisch sitzen und sein Vater begann zu erzählen. Was wir zu hören bekamen, hatte meiner Mutter und mir die Sprache verschlagen. Wir mussten umziehen, weg von hier, da mein Vater in einem anderen Hotel der Hotelgruppe eine Arbeit als Manager antreten sollte. Die Firma wollte es so. Andernfalls müssten sie sich von ihm trennen, da der Sohn, von einem der Firmenchefs, seine Arbeit in Zukunft machen sollte.
Was sollte mein Vater machen?
Er war bei dieser Hotelgruppe schon über

20 Jahre angestellt, die Bezahlung war gut und erfolgte jeden Monat pünktlich. Seine Urlaubstage bekam mein Vater auch bezahlt. Er musste die ihm angebotene Arbeit annehmen.

Nachdem die Nachricht etwas gesackt war, sagte meine Mutter: „Ich hätte nie gedacht, dass wir einmal von hier fort müssen, aber es geht nicht anders, wir alle müssen leben".

Mein Vater erzählte weiter, dass die Hotelgesellschaft ihnen ein kleines Haus zur Verfügung stellen würde und sie dort keine Miete oder Pacht bezahlen müssten.

Hatten sie doch bisher in ihrem eigenen Haus gelebt und außer den ab und an notwendigen Reparaturen waren keine weiteren Kosten zu tragen.

So wahr es ein faires Angebot, das mein Vater bekommen hatte. Trotzdem, uns allen fiel es sehr schwer das kleine Dorf zu verlassen, die Freunde, die Nachbarn und die Verwandten, die oben in den Bergen lebten.

Das Hotel, in dem mein Vater demnächst arbeiten sollte, lag noch weiter nach Norden als die Schule, die er besuchte. Gianni erinnerte sich daran, dass sein Vater seine Mutter und ihn in seine Arme nahm, als er unsere betrübten Gesichter sah.

„Am Wochenende werden wir dort hin fahren und uns die Gegend, das Haus und das Hotel einmal ansehen, vielleicht gefällt es uns dort auch", sagte mein Vater.

Zwei Tage ging alles seinen gewohnten Gang. Doch die Stimmung war etwas gedrückt, da niemand wusste, was sie in Zukunft erwarten würde.

Samstag......
Wir packten etwas zu essen und zu trinken in das Auto und fuhren schweigend gen

Norden. An der Kleinstadt vorbei, in der sich meine Schule befand und immer Richtung Norden. Hinter der Kleinstadt gab es außer Feldern und Wiesen nichts weiter zu sehen.

Doch, was war das?

Mit einem Mal war alles blau. Rechts und links neben der Landstraße ein Meer von blauen Blumen die ihre Köpfe im Wind hin und her wiegten.

,,Das sind Kornblumen", sagte meine Mutter.

Wie wunderschön war das anzusehen. Ich konnte gar nicht genug bekommen von dem Anblick. Nie zuvor hatte ich bei uns Kornblumen gesehen. Meine Augen hingen förmlich an dem Fenster des Autos, als mein Vater auf einmal in eines der Felder einbog. Ein schmaler Weg führte direkt hindurch; gerade einmal so breit, dass unser Auto dort fahren konnte.

Verwundert fragte ich meinen Vater

warum er hier eingebogen ist. Doch, in dem Moment sah ich es selber. Vor uns lag ein kleines weißes Haus inmitten der blauen Kornblumen. Es sah aus, als hätte jemand ein großes Bild gemalt und dort hingestellt.

Was für ein Anblick; ein Anblick, den er nie im Leben mehr vergessen würde.

Oh, wie gut er sich an diesen Moment erinnerte. Ein Lächeln huschte über sein Gesicht.

Damals hatte er nicht gewusst, dass sich sein Leben, bis vor einem Jahr, inmitten von Kornblumen Feldern abspielen würde und er dort glücklich sein würde.

„Du bist die schönste aller Kornblumen", sagte mein Vater zu meiner Mutter, denn sie hatte für den Ausflug ein blaues Kleid gewählt, das die Farbe der Korblumen hatte. Meine Mutter freute sich über die Worte ihres Mannes und errötete vor Verlegenheit ein wenig.

Doch, mein Vater hatte recht, Mama sah wirklich aus wie eine liebliche Kornblume inmitten der anderen.

„Kommt, lasst uns das Haus von innen anschauen", sagte mein Vater. Er nahm den Schlüssel aus seiner Hosentasche und schloss die Tür auf. Gemeinsam gingen wir hinein. Das Haus hatte 4 Zimmer, eine große Wohnküche, sogar ein Badezimmer mit Badewanne und machte einen sehr gepflegten Eindruck. Aus jedem Fenster konnte man über die riesigen Kornblumen Felder blicken; sie schienen mir endlos zu sein. Uns gefiel das neue Haus und wir konnten uns vorstellen, wie schön es ist darin zu wohnen. Obwohl unser Haus am Meer für mich doch das Schönste blieb. Meine Mutter und mein Vater waren sich einig, dass wir hier in naher Zukunft leben würden.

So viel es uns allen nicht ganz so schwer, dass wir umziehen mussten und an den

Wochenenden und während der Ferien würden wir in unserem Haus am Meer leben. Ich müsste nun den Schulbus in die andere Richtung nehmen. Aber das war auch kein Problem, denn der Fahrer fuhr extra meinetwegen einen kleinen Umweg um mich hier abzuholen. Das hatte der bisherige Manager des Hotels, in dem mein Vater arbeiten sollte, bereits geklärt. Auch um die Einkäufe musste meine Mutter sich nicht kümmern, denn alles, was man zum täglichen Leben benötigte, wurde ihnen vom Hotel geliefert. Meine Mutter musste nur alles auf einen Zettel schreiben was sie haben wollte und mein Vater gab diesen im Hotel ab. Gab es doch ab und an das eine oder andere zu besorgen, dann fuhren wir am Samstag mit dem Auto in die Kleinstadt. Alles war bestens geregelt und wir mussten nur unsere ganz persönlichen Sachen in unser Auto laden und umziehen. Möbel mussten wir auch nicht mitnehmen, denn in dem neuen Haus waren auch neue Möbel die man uns zur Verfügung gestellt hatte. Sie waren nicht wie unsere, aber sie waren auch schön und man konnte gut in ihnen leben ohne, dass es sich fremd anfühlte. Wir gingen noch einmal um das Haus herum und beschlossen, uns danach wieder auf den Heimweg zu machen.

Wieder Daheim in unserem Haus am Meer, mussten wir alle das Erlebte erst einmal sacken lassen. Meine Eltern tranken in der Küche einen Espresso und ich hatte mich auf mein Bett gelegt. Es dauerte keine 5 Minuten, da war ich auch schon tief und fest eingeschlafen.
Ich erwachte erst wieder als meine Mutter mich sanft am Arm berührte und zu mir sagt: „Wenn du deine Freunde noch vor dem Abendessen treffen willst, dann musst du jetzt aufstehen, denn sonst wird es zu spät. Es ist bereits später Nachmittag."

Schnell sprang ich aus dem Bett und lief hinunter zum Strand. Alle Freunde waren da und ich erzählte ihnen die Neuigkeiten. Aufmerksam hörten sie zu und manch einer machte schon, während ich noch erzählte, ein bekümmertes Gesicht. Doch ich versicherte ihnen, dass ich am Wochenende und in den Ferien immer hier sein werde; so, wie die Eltern es mir gesagt haben.

Fragen über Fragen stürzten auf mich ein als ich geendet hatte. Alles wollten meine Freunde ganz genau wissen.

..und so erzählte ich ihnen jede Kleinigkeit. Die wenige Zeit bis zum Abendessen verging viel zu schnell. Die Glocken der Kirche läuteten bereits, als ich mich mit den anderen auf den Heimweg machte.

Die Zeit verging schnell und unser Umzug stand bevor. Mein Vater hatte sich einen Transporter geliehen, damit er nur einmal

fahren musste. In unser Auto hätten wir nur wenige Sachen bekommen und es wäre eine mühselige Angelegenheit geworden. Den Transporter hatten wir schon am Abend zuvor beladen und somit konnten gleich nach dem Frühstück losfahren. Wir waren alle aufgeregt, als wir in unser neues Leben starteten.
...und los ging es!

Es dauerte nicht so lange und wir hatten unser Ziel erreicht. Wieder sah ich die blauen Felder mit den Kornblumen. Der Wind spielte sanft mit ihnen und sie wiegten ihre Stiele und Köpfe hin und her. Wieder fühlte ich, wie mein Herz schneller schlug. Wortlos schaute ich über die Felder. Auch meine Eltern waren stehen geblieben um sich an diesem Anblick zu erfreuen. So würde es jetzt jeden Tag sein; bis sie eines Tages verblühen um sich erst wieder im nächsten Jahr in ihrer vollen Schönheit zu zeigen. Wir verbrachten den Rest des Tages damit unsere Sachen aus dem Transporter in das Haus zu bringen und die Sachen einzuordnen. Mein Vater fuhr den Transporter zurück und kam am Abend mit unserem Auto wieder nach Hause.

Schnell gewöhnten wir uns ein und fühlten uns sehr wohl in dem neuen Zuhause. In der Schule lief alles reibungslos und nach wie vor interessierte ich mich für Literatur und Poesie. Ich verschlang alles, was mir in die Hände fiel und, je mehr ich las, desto größer wurde mein Interesse. Irgendwann wollte ich auch einmal ein Schriftsteller und Poet werden; davon träumte ich.

Ich war so ungefähr 14 Jahre alt, als mein Klassenlehrer verkündete, dass wir eine Poesie Lesung besuchen werden, die im Rathaus der Kleinstadt stattfinden sollte. Es war ein noch junger Schriftsteller und

Poet, der einige seiner Gedichte dort vortragen wollte. Trotzt seiner Jugend war er bereits international bekannt und die Zeitungen schrieben lobend über ihn. Darauf freute ich mich sehr und ich bat am Abend meinen Vater mir ein Buch von ihm zu besorgen damit ich mich etwas auf die Lesung vorbereiten konnte. Allerdings besprach unser Lehrer den Mann und seine Werke auch mit uns.

Heute war es nun so weit und die gesamte Klasse machte sich gemeinsam auf den Weg zum Rathaus. Es war nicht weit und wir konnten zu Fuß unser Ziel erreichen. Ich war noch niemals in dem Rathaus und war tief beeindruckt, wie pompös es drinnen aussah. Alles war so edel und die Wände waren voller Mosaik Darstellungen aus der Antike Italiens. Auch die Möbel waren aus edlem Holz mit aufwendigen Schnitzereien. So etwas hatte ich noch nie gesehen. Die Möbel, die ich kannte, waren auch schön, aber eben sehr einfach und ohne jegliche Verzierungen.. Auch waren unsere Möbel nicht aus so edlem Holz.

Ein Diener des Rathauses öffnete eine riesengroße Tür und wir gingen alle in den Raum und setzten uns auf die Stühle. So leise wie jetzt, war meine Klasse noch nie. Alle bestaunten ehrfürchtig die Pracht, die sich ihren Augen bot.

Unser Lehrer hatte uns erzählt, dass der Schriftsteller und Poet aus Griechenland stammt, aber seit 2 Jahren in Italien lebt. Ich war gespannt auf seine Lesung, zumal anschließend noch eine Diskussion darüber stattfinden sollte.

Ein hochgewachsener, schlanker junger Mann betrat den Raum. Seine dunklen Locken fielen ihm in die Stirn und ein breites Lächeln lag auf seinem Gesicht, als er in die erwartungsvollen Gesichter der Schülerinnen und Schüler blickte. Er stellte sich kurz vor und begann sogleich mit der

Lesung. Ich war sehr beeindruckt von den Gedichten die er vortrug. Zwei davon kannte ich bereits aus meinem Buch, das mein Vater mir gekauft hatte. Ich mochte die Art, wie er Dinge ausdrückte.

Manchmal verstand ich allerdings auch die Worte und ihren Sinn nicht. Vielleicht lag es daran, dass er anders dachte und redet als wir. Ich wusste es nicht. Aber ich wollte es bei der anschließend stattfindenden Diskussion erfragen.

Meine Neugierde war geweckt.

Alle lauschten seinen Worten und als er geendet hatte sagte er zu uns: ,,Jetzt könnt ihr mir eure Fragen stellen. Sagt einfach Nikos zu mir, so groß ist der Altersunterschied zwischen euch und mir ja nicht,'' wobei er lachend in die Menge sah.

Zuerst traute sich niemand und unser Lehrer machte den Anfang. Nun kamen auch nacheinander von uns die Fragen, die

Nikos geduldig beantwortete. Ich erzählte ihm, dass ich bereits eines seiner Poesie Bücher gelesen hatte und es mir sehr gut gefallen hat. Besonders ein Gedicht hatte es mir angetan und ich sagte es ihm. Erstaunt hob er eine Augenbraue in die Höhe.

,,Das wundert mich, dass gerade dieses schwere, melancholische Gedicht, dir so gut gefallen hat; nicht jeder versteht es." antwortete er.

Wir redeten noch eine ganze Weile zusammen und zum Schluss sagte Nikos zu mir: ,,Wenn du magst, komme doch nach Schulschluss noch einmal hierher, dann können wir uns noch ausführlicher darüber unterhalten."

Ich versprach zu kommen und freute mich über sein Angebot.

Eine Weile diskutierten noch alle mit ihm und dann mussten wir zurück zur Schule. Ich konnte mich jetzt nicht mehr auf den

Unterricht konzentrieren, da ich immer an meine Verabredung mit Nikos denken musste. Dann endlich war es soweit, die Schulglocke hatte bereits geklingelt und der Unterricht war für heute beendet. So schnell ich konnte, packte ich meine Bücher und Hefte ein und raste aus dem Schulgebäude. Ich dachte nicht daran, dass meine Mutter zu Hause auf mich wartete und sich Sorgen machen würde, wenn ich nicht wie üblich heim kam.

Im Rathaus angekommen, wartete Nikos bereits in der Eingangshalle auf mich. Er gab mir freudig die Hand und wir gingen in ein kleines Zimmer, dass in einer Nische der Halle lag.

„Ich habe dein Interesse an meiner und der Poesie allgemein bemerkt und würde gerne mehr über dich erfahren," sagte Nikos zu mir. Ich erzählte ihm bereitwillig über mich und meine Familie. Auch erwähnte ich, dass ich später einmal auch

ein Schriftsteller, aber noch lieber ein großer Poet werden wollte und ich schon sehr viel in diese Richtung gelesen habe; auch, dass ich bereits vor 2 Jahren eines seiner Poesie Bücher gelesen hatte.
Zufall?
Manchmal geht das Schicksal seinen eigenen Weg. Ausgerechnet sie beide lernten sich kennen.
Was ich damals nicht ahnen konnte war, das aus dieser ersten Begegnung eine Freundschaft für das ganze Leben werden sollte.
Lange sprachen wir miteinander und Nikos gab mit gute Ratschläge wie ich mein Ziel verfolgen kann. Dann bat er mich noch um meine Adresse, da er mir schreiben wollte um mit mir in Kontakt zu bleiben. Bereitwillig gab ich sie ihm, denn auch ich wollte ihn nicht aus den Augen verlieren; ich mochte ihn.
Es war Abend, als wir uns voneinander

verabschiedeten und ich konnte gerade noch den letzten Bus erwischen der mich in die Nähe meines Elternhauses bringen konnte. Schulbusse fuhren um diese Zeit nicht mehr.

Während der Fahrt bekam ich ein ziemlich schlechtes Gewissen. Hatte ich doch die ganze Zeit nicht an meine Mutter gedacht und welche Sorgen sie sich wohl um mich machen würde. Sicherlich war auch mein Vater schon zu Hause um diese Zeit. Es tat mir schrecklich leid, denn ich wollte meinen Eltern keinen Kummer machen. Meine Haltestelle kam und ich lief den Rest des Weges so schnell ich konnte. Außer Atem kam ich zu Hause an und ich sah meine Eltern schon vor der Tür stehen. Mein Vater hatte seinen Arm um meine Mutter gelegt. Mein Herz begann heftig zu schlagen als ich mich meinen Eltern näherte.

Mein Vater sah mich mit strengen Augen

an und sagte zu mir in einem harten Ton:
,, Sieh deiner Mutter in die Augen; ich denke, das wird Strafe genug für dich sein."

Ich schaute meine Mutter an und konnte sehen, dass ihre Augen ganz rot vom weinen waren. Das hatte ich nicht gewollt und ich entschuldigte mich bei meinen Eltern und nahm meine Mutter in meine Arme. Sie umarmte mich auch und wieder liefen Tränen über ihr Gesicht.

,,Mein Junge, ich bin so froh, dass du endlich da bist, ich habe mir große Sorgen gemacht," sagte sie zu mir und im Hintergrund hörte ich meinen Vater etwas knurren.

Gemeinsam gingen wir ins Haus und setzten uns an den Tisch, auf dem bereits das Abendessen stand und wohl schon ein wenig abgekühlt war. Es schmeckte, wie immer, auch so noch gut. Meine Mutter war eine ausgezeichnete Köchin und mein

Vater und ich aßen immer mit großem Appetit; so auch heute.

„Jetzt erzähle uns einmal, warum du so spät erst nach Hause gekommen bist," sagte mein Vater nachdem wir unsere Mahlzeit beendet hatten.

Meine Eltern hatten sich wieder beruhigt und ich begann zu erzählen. Nichts ließ ich aus und sie konnten meinen Worten entnehmen, wie mich der Ausflug in das Rathaus und die Lesung beeindruckt hatte. Ja, und als ich ihnen von Nikos erzählte waren sie mit mir einer Meinung. Das hätte ich mir niemals entgehen lassen können. Das dumme war eben nur, dass wir hier zu Hause kein Telefon hatten und ich die Telefonnummer meines Vaters von seiner Arbeit nicht bei mir hatte. Hatte ich sie bisher doch nie gebraucht. Zukünftig werde ich sie immer bei mir haben; wer weiß, vielleicht kommt wieder einmal eine Situation, wo ich die Telefonnummer gut gebrauchen kann. Ich holte schnell einen Zettel und einen Stift, schrieb mir die Telefonnummer meines Vaters auf und steckte den Zettel in die Hosentasche. Wir redeten noch lange über mein Erlebnis und fielen danach hundemüde ins Bett.

Die Jahre vergingen.
Mein Schulabschluss stand bevor und ich war froh, die Schule endlich hinter mir zu haben. Nicht, dass es mir schwer gefallen war zu lernen, ganz im Gegenteil, ich war Klassen Bester und das lernen machte mir auch Spaß. Doch, ich wollte endlich zur Universität gehen und Literatur und Philosophie studieren. An meinem Wunsch, Schriftsteller und Poet zu werden, hatte sich nichts geändert; im Gegenteil, je mehr ich las und mir Wissen darüber aneignete, desto stärker wurde mein Wunsch. Nikos hatte mir ab und an eine Karte oder einen Brief geschrieben, in dem er über sich und

seinen Weg berichtete. Er hielt Lesungen in ganz Europa und in den Zeitungen konnte ich lesen, dass er schon einen Preis für ein Gedicht erhalten hatte. Ich wollte sein wie er, aber bis dahin lag noch ein langer Weg vor mir.

Heute fand unsere Schulentlassung statt. Alle Eltern, Geschwister und Verwandte waren gekommen. Sie hatten sich schön angezogen um diesem Tag gebührend zu begegnen. Stolz waren sie, stolz darauf, dass es einer in ihrer Familie es geschafft hatte und nun zur Universität gehen konnte. Doch nicht alle von uns wollten studieren, manche hatten auch bereits einen Arbeitsplatz gefunden. Wir Schüler und Schülerinnen gingen voran, als wir mit unseren Eltern und Verwandten die Aula betraten.

Wir setzten uns und dann begann, nach einer kurzen Ansprache des Rektors, auch schon die Zeugnisvergabe zu der jeder von uns einzeln nach vorn gerufen wurde. Nun war ich an der Reihe. Mir rutschte das Herz in die Hose vor Aufregung und meine Hände waren feucht.

Der Rektor gab mir, wie auch den anderen Abiturienten zuvor, ein paar freundliche Worte mit auf den Weg und gratulierte mir zu meinem sehr guten Abschluss.

Als ich zurück zu meinem Platz ging, sah ich, dass meine Mutter sich Tränen vom Gesicht wischte und mein Vater verlegen in sein Taschentuch schnäuzte.

Ich war so glücklich, denn es war der bisher schönste Tag in meinem jungen Leben.

Nach der Vergabe der Abschlusszeugnisse hatte die Schule noch ein großes Fest für alle vorbereitet. Es wurde gut gegessen und eine Musikkapelle spielte zum Tanz auf. Alle waren fröhlich und ausgelassen und  der selbstgemachte Rotwein trug ein übriges dazu bei. Es wurde gesungen und getanzt und auch ich wagte es, mich unter die Tarantella tanzenden zu mischen.

Eigentlich hatte ich bisher nur mit meiner Mutter getanzt, doch nun hatte ich ein Mädchen aus der Nebenklasse im Arm. Als es mir richtig bewusst wurde, wäre ich am liebsten zum Tisch meiner Eltern zurück gegangen, aber ich konnte das Mädchen ja auch nicht einfach so stehen lassen.

Irgendwie hatte sie wohl meine plötzliche Unsicherheit bemerkt und sagte: ,, Ich bin Cara aus der Nebenklasse."

,,Ich weiß," stotterte ich verlegen und war froh, dass in diesem Moment die Musik verstummte und der Tanz beendet war.

Ich brachte Cara an den Tisch ihrer Eltern und ging schnell davon.

Das war mein erster direkter Kontakt mit Cara. Ich hatte mir bis jetzt nicht sehr viel aus Mädchen gemacht, doch heute Abend hatte sich das geändert. Cara ging mir nicht mehr aus dem Kopf. Meine Eltern hatten es wohl gesehen, dass ich mit ihr getanzt habe und meinten, was für ein hübsches Mädchen das ist und ob sie aus meiner Klasse war. Ich verneinte ihre Frage und saß stumm auf meinem Platz. Ich sah nicht den Blick, den meine Eltern miteinander tauschten.

Es war spät, als wir nach Hause fuhren.

Ich erwachte erst, als die Sonne in mein Fenster schien. Die Vögel sangen und im Haus duftete es bereits nach frischem Brot. Was für ein schöner Morgen. Ich stand auf und blickte aus dem Fenster. Blau, so weit das Auge reichte, alles war blau.

Der Sommer näherte sich dem Ende, aber noch immer standen die Kornblumen in ihrer vollen Blüte. Es war so wunderschön anzusehen. Eine wahre Freude für Auge und Herz. Ich duschte mich schnell, zog mich an und ging dann in die Küche.

Meine Mutter hatte mich schon gehört und das Frühstück auf den Tisch gestellt. Sie nahm sich noch einen Espresso und setzte sich zu mir.

Schweigend genossen wir unser Frühstück. Es war ein seltsames Gefühl an einem ganz normalen Alltag hier in aller Ruhe zu sitzen und gemütlich miteinander zu essen. Sonst musste immer alles schnell gehen, da ich mich gerne im Bett noch einmal umgedreht habe. Zeit für ein Frühstück blieb dann meistens nicht, da der Schulbus auf mich wartete. Doch heute hatten wir alle Zeit der Welt und die konnte uns keiner nehmen. Wir schauten aus dem Fenster und sahen, wie die Kornblumen ihre kleinen Köpfe im Wind hin und her wiegten. Meine Mutter seufzte leise und meinte zu mir: „So muss es im Paradies sein." Auch sie war jeden Tag auf das Neue überwältigt von der blauen Pracht, die rings um unser Haus blühte. Wir lebten

inmitten der blauen Kornblumen Felder.
Es war so einzigartig, dass ich beschloss,
ein Bild zu malen. Unser Haus inmitten
der blauen Kornblumen Felder. Als eine
Erinnerung, wenn wir wieder zurück in
unser Dorf ziehen; lange konnte es ja nicht
mehr dauern...dachte ich bei mir.
Als wir fertig waren mit dem Frühstück
holte ich sofort meine Malutensilien und
setzte mich vor das Haus um zu malen.
Träumend sah ich über die Felder und
meine Gedanken wanderten ab. Ich sah
mich mit Cara in den Feldern tanzen, so,
wie am gestrigen Abend.
,,Du malst ja gar nicht," hörte ich meine
Mutter sagen und schrak hoch. Ich kam
mir irgendwie ertappt vor. Wieso kam mir
Cara in den Sinn? Ich kannte sie doch
eigentlich nur vom sehen; bis auf diesen
einen Tanz. Vielleicht werde ich sie nie
wiedersehen? Wer weiß, was sie nach dem
Abschluss machen würde? Unsinn, tadelte

ich mich selber, höre auf zu träumen und beginne mit dem Malen; wer weiß, ob sie sich überhaupt noch an mich erinnerte nach unserer kurzen Begegnung.
Ich widmete mich ganz der Malerei und es entstand ein wunderschönes Bild.

Eine ganze Woche hatte ich noch Zeit bevor ich mich endlich in der Universität einschreiben konnte. Ich verbrachte die Tage zusammen mit meiner Mutter und half ihr beim pflanzen und ernten. Abends saßen wir dann mit meinem Vater vor dem Haus und unterhielten uns über alles mögliche. Die Wochenenden verbrachten wir in unserem Haus am Meer und ich traf meine Freunde. Wir freuten uns sehr aufeinander, hatten sie doch alle immer etwas Neues zu erzählen. Wir lagen am Strand und es war wie früher, als wir noch Kinder waren. Mittlerweile waren wir ja alle junge Männer geworden, die

nun entweder studieren oder einem Beruf ergreifen wollten. Außerdem waren wir alle in einem Alter, wo der eine oder andere doch schon ein Auge auf die jungen und hübschen Mädchen warf.
Cara fiel mir wieder ein......

Pünktlich um 9.00 Uhr war ich in der Universität und meldete mich zu den Kursen Literatur und Philosophie an. Die Semester begannen schon in einer Woche und bis dahin gab es noch einiges zu tun. Ich wollte mir noch Bücher besorgen um gut vorbereitet in die Vorlesungen zu gehen; jedenfalls, so gut ich konnte. Ich hatte meinen Universitäts-Ausweis und noch ein wenig Zeit. bevor der Bus kam. Ich bummelte die Straße entlang und sah ein Geschäft, das die schönsten Sachen aus Schokolade in der Auslage hatte. Davon wollte ich meiner Mutter etwas kaufen und hoffte, dass es nicht zu teuer für mich war, denn sehr viel Geld hatte ich nicht mehr in der Tasche. Die Einschreibung und der Ausweis für die Universität hatten mehr gekostet, als ich dachte. Nun denn, ich öffnete die Tür des kleinen Geschäftes und ein leises klingeln ertönte. Sofort kam eine Verkäuferin von hinten und.....

Das gab es doch nicht! Vor mir stand Cara. Wir schauten uns an und mussten beide lachen.: ,,So sehen wir uns also wieder,'' sagte sie zu mir und guckte mich freudig an. Ich freute mich auch, sie zu sehen, doch hatte ich sie hier niemals erwartet. Cara erzählte mir, dass das kleine Geschäft ihrer Familie gehört und sie hier arbeitete, da ihre Tante, die sonst immer hier gearbeitet hatte, ganz plötzlich verstorben war. Ihre Eltern waren zu alt um noch zu arbeiten und ihre Geschwister, sie war die Jüngste, waren in aller Welt verstreut. So blieb ihr im Moment nichts anderes übrig, als den Besuch der Uni zu

verschieben auf unbestimmte Zeit. Gerne
wollte sie studieren, doch, bevor sie keinen
Käufer für das Geschäft fanden, war nicht
daran zu denken. Ihre Augen schauten ein
wenig traurig, als sie mir das sagte. Ich
konnte sie gut verstehen, denn ich freute
mich sehr auf mein Studium.

Ich erzählte Cara, dass ich ab der nächsten
Woche jeden Tag hier bin und ich wieder
kommen würde, damit wir ausführlicher
miteinander sprechen konnten. Cara war
einverstanden und ich rannte zu meinem
Bus, der bereits den Motor angelassen
hatte. Fast wäre er ohne mich abgefahren
und das hieße für mich, 1 Stunde auf den
nächsten Bus warten.

Ich setzte mich und oh Schreck, ich hatte
die Schokolade für meine Mutter völlig
vergessen.

Es war aber auch eine große Überraschung
für mich, dort auf Cara zu treffen und sie
war genauso überrascht , mich dort im

Geschäft zu sehen. Jedenfalls war sie nicht abgeneigt, mich wieder zu sehen.

Meine Fahrt war zu Ende und ich ging den Feldweg zu unserem Haus. Sofort erzählte ich meiner Mutter von der Begegnung mit Cara und wie es an der Universität gelaufen war. Meine Mutter freute sich mit mir, dass alles so gut geklappt hatte. Abends berichtete ich meinem Vater was war. Er war hocherfreut und meinte: ,, Du hast doch wohl nicht etwa ein Auge auf Cara geworfen?" wobei er grinste und ich merkte, dass meine Ohren rot anliefen. Irgendetwas stotterte ich und mein Vater lachte schallend.

,,Amore, Amore," meinte er nur und ging gleich in die Küche um es meiner Mutter zu sagen. Sie lachte auch und sagte zu meinem Vater: ,,Es musste ja eines Tages so kommen, Gianni ist kein Kind mehr." Damit war das Thema erst einmal erledigt und wir setzten uns an den Tisch um zu

Abend zu essen. Jeder erzählte beim Essen
was ihn so bewegte und wie der Tag war.
Danach setzten wir uns, wie fast jeden
Abend, vor das Haus und genossen die
Ruhe und den wunderschönen Anblick der
Kornblumen Felder.
Ich liebte mein Leben......

Heute begann ein neuer Lebensabschnitt für mich. Mein Vater nahm mich mit dem Auto mit und setzte mich kurz vor der Universität ab. Schnell schaute ich an die Tafel, die unten im Flur angebracht war, in welchen Räumen meine Vorlesungen stattfinden. Etwas Zeit hatte ich noch und so ging ich in die Cafeteria um noch einen Espresso zu trinken.

Meine allererste Vorlesung hatte ich hinter mir und da für heute keine weiteren auf der Tafel gestanden hatten, beschloss ich, zu Cara zu gehen.

Sie freute sich, mich so schnell wieder zu sehen und wir unterhielten uns angeregt miteinander. Diesmal dachte ich an die Schokolade für meine Mutter und als ich mich von Cara verabschiedete, versprach ich ihr mich bald wieder zu melden.

Ich schlenderte zur Bushaltestelle und als ich dort ankam, fuhr der Bus gerade ein. Kurze Zeit später war ich zu Hause.

Auf dem Küchentisch lag ein großer Umschlag und meine Mutter sagte, dass er für mich ist. Ich las den Absender und war hocherfreut. Es war ein Brief von Nikos. Eine geraume Weile hatte ich schon nichts mehr von ihm gehört und so öffnete ich voller Spannung den Umschlag. Er schrieb, dass er in 2 Monaten nach Italien kommt und er wollte sich dann mit mir treffen. Ich freute mich sehr und antwortete ihm sofort. Ich lud ihn in mein Elternhaus ein; Platz hatten wir genug.

Die Tage vergingen. Ich lernte viel und hatte gute Freunde an der Universität gefunden. Oft lernten wir gemeinsam. Ich besuchte Cara in ihrem Geschäft und wir waren auch schon einige Male ein Eis essen gegangen. Bei meinem nächsten Besuch wollte ich sie fragen, ob sie mit ihren Eltern am Sonntag uns besuchen kommen möchte. Meine Eltern hatten gemeint, es ist nun an der Zeit, dass sie Cara und ihre

Eltern auch einmal kennenlernen möchten.
Ich fragte Cara und sie wollte mir beim
nächsten Mal Bescheid sagen; sie musste
erst Rücksprache mit ihren Eltern halten.
Alles war in Ordnung, wir hatten ein
schönes Leben.

Es war Sonntag und meine Mutter hatte
den Tisch mit unserem besten Geschirr
gedeckt. Einen Kuchen hatte sie gebacken
und eine Vase mit blauen Kornblumen
stand in der Mitte des Tisches. Heute kam
Cara mit ihren Eltern. Wir waren alle
aufgeregt und hofften, dass man sich gut
verstehen würde. Aber, die Befürchtungen
waren völlig umsonst. Alle verstanden sich
auf Anhieb gut miteinander und es wurde
ein lustiger Nachmittag.
...und aus dem Nachmittag wurde ein
langer Abend.
Cara und ihre Eltern blieben über Nacht.
Meine Mutter hatte für sie die beiden

Gästezimmer hergerichtet, da es zu spät für die Heimfahrt war und außerdem hatten die Männer ein klein wenig zu tief in das Rotweinglas geschaut.

Mein Vater und Caras Vater standen leicht schwankend, fest umarmt, vor unserem Haus und sangen alte Volksweisen in die dunkle Nacht.

Meine Mutter und Caras Mutter freuten sich, dass ihre Männer so glücklich waren. Cara und ich saßen auf unserer kleinen Bank vor dem Haus und hielten uns an den Händen. Schweigend sahen wir hinauf zu den Sternen, die ihr blinkendes Licht auf die Erde sandten.

Es war eine wunderbare Nacht, die ich nie vergessen habe.

Heute war Trubel im Haus. Cara und ihre Eltern hatten ja bei uns übernachtet und nun waren alle in der Küche versammelt um einen Espresso zu trinken und um noch einmal über den gestrigen Tag und Abend zu sprechen. Ich habe bis heute nicht verstanden, wie man so früh morgens bereits so munter sein kann. Bei mir dauerte es immer etwas bis ich zu mir kam. Nach dem Espresso wollten Caras Eltern wieder nach Hause fahren, jedoch nicht, ohne meinen Eltern eine Einladung auszusprechen, die sie dankend annahmen. Wir verabschiedeten uns von einander und mit lautem hupen fuhren sie davon. Welch eine himmlische Ruhe auf einmal war. Heute war ein Feiertag und so konnten wir den Tag ganz für uns genießen.

Die Tage vergingen. Ich ging zu Cara so oft ich Zeit dafür hatte und die Wochenenden verbrachten wir, nach wie vor, in unserem Haus am Meer. Meine Eltern und ich hatter. Caras Eltern besucht und auch dort war es genauso lustig zugegangen wie bei uns. Einige Male durfte Cara mit uns ans

Meer fahren am Wochenende. Meine Mutter hatte ihr ein Zimmer hergerichtet und wir waren glücklich miteinander. Sie lernte meine Freunde kennen und war ganz begeistert vom Strand und dem Meer. Ihr gefiel unser kleines Dorf und sie konnte sich gut vorstellen, eines Tages mit mir dort zu leben. Wir waren uns einig, dass wir irgendwann heiraten würden. Auch unsere Eltern waren einverstanden. Bis dahin mussten wir bei unseren Eltern leben; das war so Sitte von alters her und jeder hielt sich an die Regeln. Ausnahmen gab es, aber sie zahlten einen hohen Preis dafür.

Cara und ich waren zufrieden mit unserer Situation; hatten wir doch noch unser ganzes Leben vor uns.

Ich war gerade von der Universität nach Haus gekommen, als ein Auto vor unserem Haus hielt. Meine Mutter und ich schauten aus dem Fenster, wer es wohl sein mag, aber da sah ich ihn schon aussteigen. Es war Nikos. Meine Freude war riesengroß und ich eilte ihm entgegen. Wir umarmten uns und klopften uns auf die Schultern. So eine Überraschung. Nikos hatte zwar geschrieben, dass er zurück nach Italien kommt, aber ich wusste nicht genau wann das sein würde. Nun stand er vor mir und lachte mich an. Er hatte immer noch dieses jungenhafte Lachen, das mir schon bei unserer ersten Begegnung an der Universität bei seiner Lesung aufgefallen war. Meine Mutter kam auch um Nikos zu begrüßen und ihn herzlich willkommen zu heißen, worauf Nikos sie auf beide Wangen küsste. Wir lachten und gingen ins Haus. Viel hatten wir uns zu erzählen und Nikos meinte, dass ich jetzt aussehe, wie ein richtiger Mann. Er hatte mich ja zuletzt als Schuljungen gesehen; gut, ich war damals ein Jugendlicher, aber jetzt mit meinem 3 Tage Bart, sah ich wirklich männlich aus. Er erzählte mir von seinen Reisen und seinen Lesungen;zeigte mir Preise und Auszeichnungen, die er für seine Gedichte erhalten hatte und fragte mich, ob ich in der Zwischenzeit auch Gedichte geschrieben hätte. Einige hatte ich geschrieben und holte meine Mappe in der ich alles aufbewahrte.

Nikos nahm meine Mappe an sich und wollte alles lesen, was ich geschrieben hatte., wenn er allein in seinem Zimmer war; dazu braucht er Ruhe hatte er mir gesagt. Natürlich wohnte Nikos bei uns. Mein Vater war mittlerweile auch zu Hause und begrüßte Nikos ebenfalls auf das herzlichste. Er sagte, dass er sich geehrt fühle, einen so jungen und doch schon so bekannten Poeten und Schriftsteller in seinem Hause beherbergen zu dürfen. Die Worte meines Vaters machten Nikos sichtlich verlegen und er meinte, dass es

ihm eine große Ehre sei in seinem Haus so herzlich aufgenommen zu werden. „Genug der Ehre," meinte mein Vater, „Jetzt wollen wir uns setzen und das Abendessen genießen. Meine Frau kocht vorzüglich."
Gesagt, getan. Wir setzten uns und meine Mutter brachte das Essen auf den Tisch.
Nach dem Essen gingen wir noch nach draußen um vor dem Haus im Abendlicht unseren Espresso zu trinken.
„Ich habe noch niemals so etwas Schönes gesehen," sagte Nikos und deutete auf die Kornblumen Felder, „ ihr lebt hier wie im Paradies."
Wir konnten seine Worte nur bestätigen, denn, wir fühlten uns hier auch wie im Paradies.
Das Blau der Kornblumen im Licht der untergehenden Sonne, atemberaubend, einmalig, ein Wunder der Natur.
Schweigend tranken wir unseren Espresso. Danach gingen wir alle schlafen.

Nikos und ich verbrachten herrliche Tage miteinander. Ich musste zwar Vormittags zu den Vorlesungen, aber ab Mittag war ich zu Hause. Das war kein Problem, da Nikos lange schlief und vor Mittag auch nicht aus seinem Zimmer kam.

Er hatte meine Gedichte alle gelesen und war begeistert. Er meinte, dass aus mir etwas Großes werden kann, wenn ich so weiter mache. Er war richtig beeindruckt von dem gelesenen und hatte sich zwei Gedichte rausgesucht, die er bei seiner nächsten Lesung gerne vortragen würde. Hocherfreut gestatte ich es ihm, denn ich war begeistert von seinem Vorschlag. Nikos meinte damals, es ist der richtige Moment um auf mich aufmerksam zu machen.

Je mehr wir miteinander redeten, um so vertrauter wurden wir uns. Ganze 4 Tage war Nikos damals unser Gast, aber die hatten unsere Freundschaft noch mehr gefestigt. Cara hatte er in der Zeit auch kennengelernt und er mochte sie. Ja, er fand meine Wahl sehr gut und meinte, wenn ich Cara heirate, dann sollte ich ihm rechtzeitig Bescheid geben; er würde alles stehen und liegen lassen um bei der Hochzeit dabei zu sein. Darüber freute ich mich und ich versprach, dass ich es ihm beizeiten schreiben würde.

Es kam der Tag seiner Abreise und Nikos versprach mir, mich weiter über ihn auf dem laufenden zu halten und ich sollte ihm schreiben, wie ich mit dem Studium voran kam und ob ich neue Gedichte geschrieben habe.

Noch ein hupen, ein kurzes winken und sein Auto verschwand aus meinen Augen. Es waren ereignisreiche Tage, Tage voller Spannung und Neuigkeiten. Ich mochte Nikos sehr, wir waren wie Brüder. Auch meine Eltern und Cara hatten ihn in ihr Herz geschlossen.

Der Alltag hatte uns alle wieder und ich

studierte eifrig. Wollte ich doch meinen Abschluss in zwei Jahren so gut wie möglich schaffen. Zwischendurch schrieb ich bereits kleine Geschichten für unsere Tageszeitung, die bei den Lesern gut ankamen. Gedichte veröffentlichte ich dort nicht, da ich sie erst Nikos zum lesen geben wollte. Bisher hatte ich noch keine Nachricht von ihm. Ich wusste nicht, ob er schon die Gelegenheit hatte, eines meiner Gedichte einem Publikum vorzustellen. Ich musste Geduld haben......

Cara und ich hatten beschlossen, uns ganz offiziell zu verloben. Wir wollten eine große Feier, zu der wir alle Verwandten und Freunde einladen wollten. Als wieder einmal Caras Eltern bei uns zu Besuch waren, teilten wir es unseren Familien mit. Sie waren einverstanden und fingen gleich an, alles zu planen. Cara und ich lachten und verzogen uns auf die kleine

Bank vor dem Haus. Sollten unsere Eltern planen und machen; es war so üblich bei uns. Sie wussten, was richtig war und was uns auch gefallen würde.

Als Caras Eltern zum Aufbruch nach draußen kamen, stand der Plan und sie teilten uns mit, dass in 4 Wochen die offizielle Verlobungsfeier statt finden wird. Es sollte in meinem Elternhaus gefeiert werden, da wir den meisten Platz hatte und bei dem schönen Wetter alles vor dem Haus stattfinden konnte. Die Idee war gut: wir mussten nur Tische, Stühle, Geschirr und den fahrbaren Ofen organisieren. Aber wir hatten ja noch Zeit genug, das alles zu besorgen und Caras Eltern wollten dabei helfen. Freunde konnten wir auch fragen uns zu helfen und sie würden bestimmt nicht nein sagen. Alle waren hilfsbereit, auch hier in der Kleinstadt und feiern mochten sie auch alle gerne. Ich schrieb Nikos einen Brief in dem ich ihm mitteilte, dass ich mich mit Cara nun offiziell verloben wollte. Sicherlich würde es ihn freuen und vielleicht, falls er in der Nähe ist, sogar kommen. Bestimmt, aber viel Hoffnung hatte ich da nicht. War er doch schon wieder im Ausland unterwegs; er hatte einen vollen Terminkalender und es blieb wenig Zeit für privates. Das war der Nachteil seines frühen Erfolges.

Die nächsten Wochen bis zur Verlobung ging alles drunter und drüber. Der eine wollte noch dieses, der andere noch jenes, sie waren voller Eifer und wollten es uns so schön wie irgend möglich machen. Ich wurde auch schon ganz nervös, aber freudig nervös.

Der große Tag war gekommen. Ein Auto nach dem anderen hielt bei unserem Haus und alle hatten strahlende Gesichter. Jeder freute sich mit Cara und mir und auf eine wunderschöne Feier. Die Musiker waren auch zur Stelle und das Fest konnte beginnen. Immer mehr Gäste kamen und wir bekamen von allen etwas geschenkt. Die Musik spielte, der große, fahrbare Ofen glühte bereits und die Vorspeisen standen auf den Tischen. Die Lampions, die meine Mutter überall aufgehängt hatte, warfen ein romantisches Licht auf die Szene. Es war ein warmer Abend und doch wehte ein leichter Wind über die Kornblumen Felder. Die kleinen blauen Köpfe wiegten sich hin und her im Sommerwind.

Jeder, der uns besuchte, war voller Bewunderung ob der Schönheit dieser blauen Kornblumen Felder.

Es wurde ein rauschendes Fest, mit viel Gesang und Fröhlichkeit. Wir tanzten und lachten. Das Essen war sehr gut und reichlich, der Wein tat sein übriges um die Stimmung zu steigern.

Die Sonne erhob sich bereits hinter den Kornblumen Feldern, als die letzten Gäste nach Hause fuhren.

Cara und ihre Eltern blieben bei uns im Haus. Müde, aber glücklich gingen wir alle zu Bett.

Es war schon Mittag, als wir erwachten. Müde waren wir noch, aber ein starker Espresso weckte unsere Lebensgeister. Nun wurde es Zeit, endlich unsere Geschenke auszupacken. Gespannt öffneten wir jedes einzelne Geschenk und freuten uns über die schönen und sehr nützlichen Sachen. Bei uns war es üblich, zur Verlobung etwas für den zukünftigen Haushalt des Paares zu schenken. Auch unsere Eltern freuten sich mit uns über die Geschenke, zumal sie teilweise sicherlich ein kleines Vermögen gekostet hatten.

Danach kochten Caras Mutter und meine Mutter das Mittagessen.

Nach dem Essen legten wir uns alle in die Liegestühle in den Schatten und ruhten; die gestrige Anstrengung steckte noch jedem von uns in den Knochen.

Die 2 Jahre bis zu meinem Abschluss an der Universität vergingen schnell. Heute nun war es so weit, ich bekam mein heißersehntes Diplom und konnte einen neuen Lebensabschnitt beginnen.

In den Jahren hatte ich auch ein Buch geschrieben und es gab weitere Gedichte von mir. Alles lag fein säuberlich in meiner Schreibtischschublade und wartete nur auf mich. Jetzt hatte ich Zeit und konnte mich ausgiebig darum kümmern und überlegen, was ich damit machen wollte. Die Tageszeitung hatte mir schon vor langem eine Arbeit angeboten und ich würde sie erst einmal annehmen, da ich etwas zum Haushalt beisteuern wollte und ein wenig mehr, als bisher, konnte ich auch gut gebrauchen. Meine Eltern hatten mir zwar immer Geld gegeben und für alles gesorgt, aber nun wurde es Zeit, dass ich ihnen auch etwas geben konnte. Reich waren wir nicht und sie werden sicherlich

meinetwegen auf vieles verzichtet haben,
als sie mir diese Ausbildung ermöglichten.
Dafür war ich ihnen immer dankbar und
ich ließ es sie ihr ganzes Leben lang spüren.
Ja, ich liebte meine Eltern sehr.

Ich freute mich auf mein neues Leben, auf
meine Zukunft, denn die Hochzeit mit
Cara stand auch bevor. Endlich sollten wir
Mann und Frau werden. Ich konnte es
kaum noch erwarten.
Cara und ich waren beide 24 Jahre alt
und es war der richtige Zeitpunkt um
vielleicht auch eine Familie zu gründen.
Kinder wünschten wir uns schon, darüber
hatten wir bereits einige Male gesprochen.
Wir freuten uns beide auf unsere Zukunft.

Der Hochzeitstermin stand fest und ich
hatte Nikos einen langen Brief geschrieben.
Er wird kommen, so, wie er es mir beim
Abschied vor 2 Jahren versprochen hatte.

Nikos hatte mir öfter geschrieben, aber immer noch nicht wusste ich, ob er eines meiner Gedichte, die er damals mitnahm, vor Publikum gelesen hatte. Ich hatte aber auch in meinen Briefen nicht zu fragen gewagt. Ich wollte ihn nicht drängen und ich vertraute ihm. Nur der Gedanke daran hat mich immer wieder beschäftigt.

Nun, bald würde ich es wissen.

Unsere Hochzeit sollte in unserem Haus am Meer gefeiert werden, denn es wäre ein Leichtes, Caras Geschwister und ihre Verwandten, sowie alle ihre Freunde bei irgendwem im Dorf unterzubringen. Wir kannten uns und jeder half Jedem. Das ganze Dorf sollte mit uns feiern und die Familie meiner Mutter konnte aus den Bergen zu uns kommen. Das wird ein Fest, ein ganzes Dorf feiert. Ich hatte es noch nicht erlebt als Kind, als ich noch dort lebte. Aber meine Eltern kannten es und sie waren wahnsinnig aufgeregt. Besonders meine Mutter. Hatte sie doch ihre ganze Familie, die in den Bergen lebt, schon so lange nicht mehr gesehen. Auch, wenn wir bisher immer die Wochenenden und die Ferien hier im Dorf verbracht haben, war es nicht immer möglich, dass sie ihre Familie besuchen konnte. Ich selbst, würde zum ersten Mal auf Caras Geschwister treffen. Sie hatten bereits ihr Kommen zugesagt und ich war gespannt auf unsere erste Begegnung. Sie werden dich mögen, hatte Cara gesagt, als ich einmal nach ihren Geschwistern fragte. Leider mussten sie in andere Orte ziehen, da sie in der Kleinstadt keine Arbeit für sich gefunden hatten. Es gab ja auch nicht so viele Möglichkeiten und da sie alle studiert hatten, wollten sie auch, ihrer Ausbildung entsprechend, einen guten Arbeitsplatz bekleiden, der es ihnen ermöglichte, die Familie zu ernähren. Drei Brüder waren es und Cara war das einzige Mädchen. Da sie außerdem auch noch die Jüngste war, wurde sie natürlich von hinten bis vorne verwöhnt als Kind. Nicht mir materiellen Dingen, nein, aber mit der unendlichen Liebe einer Familie. Die Brüder liebten ihre kleine Schwester sehr und nun waren auch sie gespannt auf den Mann, den sie sich ausgesucht hatte. Sie wollten ihn richtig unter die Lupe nehmen. Ein klein wenig Eifersucht lag mit in der Luft und doch gönnten sie ihrer Schwester ihr Glück von ganzem Herzen. Sie freuten sich sehr auf die Hochzeit.

Meine Mutter und ich hatten beschlossen, dass wir in den nächsten Tagen schon zu unserem Haus am Meer fahren wollten um mit den Vorbereitungen für die Hochzeit zu beginnen. Als Caras Mutter davon erfuhr, schloss sie sich uns spontan an. Ihr Mann musste bleiben, da er Cara zur Seite stehen musste, falls einmal irgendetwas sein sollte; man wusste ja nie.

Mein Vater nahm meine Mutter und mich im Auto mit und setzte uns an der Bushaltestelle ab. Caras Mutter wartete schon auf uns, denn in fünf Minuten sollte unser Bus kommen, der uns in unser Dorf bringen würde. Wir begrüßten uns herzlich. Mein Vater verabschiedete sich von uns Dreien und fuhr zu seiner Arbeit. Es waren nur wenige Tage, die wir getrennt von ihm verbringen würden. Es war Saison im Hotel und er konnte nur ein paar Tage Urlaub für die anstehende Hochzeit bekommen. Das war das wichtigste für uns. Die Fahrt verging schnell und als wir ausstiegen trauten wir unseren Augen nicht. An der Bushaltestelle waren meine Tante und mein Onkel, Geschwister meiner Mutter, und liefen uns laut rufend entgegen, umarmten und küssten uns. Meine Güte, was war blos los? Alle freuten sich und meine Mutter stellte ihnen Caras Mutter vor. Auch sie wurde umarmt und geküsst.

„Wieso seid ihr hier?" fragte meine Mutter.

„Woher wusstet ihr, dass wir mit diesem Bus kommen?" fragte sie weiter ohne erst einmal eine Antwort auf ihre erste Frage abzuwarten. Sie strahlte vor Glück und umarmte ihre Geschwister immer wieder. Es gibt nichts schöneres, als eine Familie so liebevoll miteinander umgehen zu sehen. Mein Herz pochte schneller. Ich wünschte mir, dass es für immer so bleiben sollte.

Sie erzählten, dass mein Vater in dem kleinen Dorfladen angerufen hatte und ihnen ausrichten ließ, dass wir heute kommen würden. So hatten sie sich gestern auf den Weg gemacht um uns zu überraschen; was ihnen auch geglückt war. Sie erzählten, dass sie bei unseren Nachbarn übernachtet hatten. Gemeinsam gingen wir den kurzen Weg zu unserem Haus. Meine Tante und mein Onkel holten schnell ihre Reisetaschen bei unseren Nachbarn raus und wir gingen ins Haus. Meine Mutter öffnete als erstes alle Fenster um frische Luft herein zu lassen und machte sich dann daran, uns allen einen Espresso zu kochen. Während meine Verwandten und Caras Mutter am Tisch saßen und sich unterhielten, machte ich mich daran meine Sachen in meinem Zimmer auszupacken und alles im Schrank zu verstauen. Danach legte ich mich auf mein Bett und las noch einmal den Brief von Nikos. Ich freute mich auf ihn. Irgendwie muss ich eingeschlafen sein, denn ich wurde wach, als meine Tante den Kopf zur Tür herein gesteckt hatte und mich rief. Ich stand auf und begab mich zu den anderen. Sie lachten, als sie mich sahen und meinten nur, die Jugend von Heute kann nichts mehr ab. Kaum müssen sie etwas tun, sind sie müde. Ich musste auch lachen, denn getan hatte ich eigentlich bis jetzt noch nichts. Meine Mutter reichte mir einen Espresso und ich setzte mich zu ihnen. Wir wollten einen Plan aufstellen, was wir und in welcher Reihenfolge , zu erledigen hatten. Als erstes wollten meine Mutter und Caras Mutter zum Pfarrer gehen und alles nötige mit ihm besprechen. Auch, dass er in seiner Predigt am Sonntag, unsere Einladung an alle Dorfbewohner, von der Kanzel verkünden sollte. Das war das beste alle zu informieren, denn zur Kirche kamen am Sonntag alle. Es war schon immer so Brauch bei uns im Dorf und gehörte zu unserem Leben. War es doch gleichzeitig eine Gelegenheit sich mit allen zu treffen und zu plaudern. Außerdem mussten wir dem Pfarrer sagen, dass wir beabsichtigen, das Fest auf der Piazza zu feiern, denn nur dort war Platz für alle. Wir wollten bunte Lampions aufhängen, Tische, Bänke und Stühle dort hinstellen. Alles sollte so schön werden, wie es nur irgend möglich war.

Wir planten und planten; es nahm kein Ende. Jedem fiel noch etwas ein, was unbedingt sein musste. Mir schwirrte der Kopf und irgendwie hatte ich das Gefühl, dass ich nach draußen musste. Ich ging hinunter zum Meer und setzte mich in den warmen Sand. Ich atmete das Salz des Meeres und fühlte mich gleich besser. Ein leichter Wind wehte und die Wellen rollten langsam über den Strand. Du bist ja schon da, hörte ich eine Stimme hinter mir sagen und ich erkannte sofort die Stimme meines Freundes seit Kindertagen.

Es war Lorenzo der sichtlich erfreut war, mich hier anzutreffen. Ich freute mich auch ihn zu sehen und stand auf um ihn zu begrüßen. Sofort waren wir in ein Gespräch tiefes verwickelt und hatten gar nicht gemerkt, wie schnell die Zeit verging. Erst, als wir die Glocke der Kirche hörten standen wir auf um nach Hause zu gehen. Es war Zeit für das Abendessen und nun verspürte ich auch meinen Hunger. Wir verabredeten uns für den nächsten Abend und jeder ging seines Weges. Jeden Tag verbrachten wir mit mit den Vorbereitungen für die Hochzeit und abends traf ich mich mit meinen Freunden am Strand. Es waren sehr anstrengende, aber schöne Tage. Nur noch zwei Tage und Cara und ich würden Mann und Frau sein. Cara war schon mit ihrer gesamten Großfamilie hier eingetroffen und war so aufgeregt, dass sie immer weinen musste. Alle lachten schon über sie, aber sie konnte die Tränen einfach nicht zurückhalten, sie kullerten ihr einfach aus den Augen. Ihr Brautkleid war fertig und mein Anzug ebenso. Wir würden ein schönes Paar sein, davon war ich überzeugt.

Ich war noch wach, als es leise klopfte. Schnell ging ich zur Tür und öffnete. Vor mir stand Nikos. Wir umarmten uns schweigend um die anderen nicht zu wecken. Heute Nacht konnte er mit in meinem Zimmer schlafen.

Die Kirchenglocken läuteten so laut wie nie zuvor.

Jedenfalls kam es mir heute morgen so vor. Vielleicht war es auch nur die innere Anspannung, die mich alles viel intensiver als sonst registrieren ließ. Ich hatte schon meinen neuen Anzug an und sämtliche Verwandte und fast schon alle Dorfbewohner hatten sich auf dem Kirchplatz eingefunden. Nur meine Braut und ihre Eltern fehlten noch.

Es war soweit, der Pfarrer hatte die Kirchentür geöffnet und wir konnten hinein gehen. Ich ging bis vorne durch, so, wie wir es geprobt hatten. Meine Hände waren feucht und ich schaute voller Erwartung auf die Tür durch die Cara, in wenigen Minuten, am Arm ihres Vaters schreiten würde. Niemand sprach mehr ein Wort und man hätte eine Stecknadel fallen hören können, als Cara und ihr Vater zur Tür herein kamen. Es war ein atemberaubender Anblick. Cara in ihrem weißen Tüllkleid mit der langen Schleppe, ihre dunklen Haare, die nur zur Hälfte von einem Spitzenschleier bedeckt waren, wie wunderschön sie aussah. Ich fühlte auf einmal einen Stolz in meiner Brust, dass diese wunderschöne Braut meine Frau wird. Ich war so gerührt, dass ich mir schnell eine Träne aus dem Auge wischen musste. Die Musik spielte leise und sie kamen langsamen Schrittes auf mich zu. Ab und an konnte man von irgendwo ein leises schnäuzen hören. Alle waren berührt von dem Anblick. Caras Vater sagte einige Worte zu mir, genau erinnere ich mich nicht, aber so ungefähr – wenn du sie nicht gut beharrdelst, drehe ich dir eigenhändig den Hals um - und übergab mir seine Tochter.

Heute muss ich lachen, wenn ich daran denke, aber ich hätte auch ohne seine liebevollen Worte meine Cara immer gut behandelt.

Die Musik war verklungen und der Pfarrer konnte mit der Zeremonie beginnen. Alles war mucksmäuschenstill und lauschte seinen Worten. Es war eine schöne Rede über Verantwortung, Liebe und Treue. Nun konnten wir die Ringe tauschen und ich durfte ganz offiziell meine Cara küssen. Beifall brach los, als ich es tat. Das war eben unser südländisches Temperament, auch der Pfarrer klatschte mit. Jetzt waren wir Mann und Frau. Auf diesen Tag hatten wir zwei Jahre gewartet. Wir waren glücklich und alle waren es mit uns. Arm in Arm gingen Cara und ich aus der Kirche. Die Blumenkinder streuten Blumen und nach uns kamen die Hochzeitsgäste, die in der Kirche Platz gefunden hatten, heraus. Vor der Kirche waren die vielen Dorfbewohner versammelt, die leider keinen Platz in der Kirche bekommen hatten; aber der Pfarrer hatte die Kirchentür offen gelassen, sodass sie wenigstens etwas mitbekommen konnten.

Jubel brach aus als sie uns sahen. Es entstand ein richtiger Tumult auf dem Platz. Es wurde Konfetti geworfen und einige stimmten ein Hochzeitslied an, das schon unsere Vorfahren sangen, wenn ein Paar geheiratet hatte. Dir Stimmung war schon jetzt einmalig; alle freuten sich mit uns. Unsere Eltern waren zu Tränen gerührt und nahmen uns immer wieder in die Arme um uns zu küssen und uns alles erdenklich Gute zu wünschen. Selbst Nikos, der hinter ihner. stand, hatte im Moment keine Chance uns zu gratulieren. Er stand da mit einem Lachen im Gesicht und man sah ihm an, dass auch er sehr gerührt war. Ich hatte noch nicht viel mit ihm sprechen können, da wir letzte Nacht beide gleich eingeschlafen waren. Aber dazu hatten wir nach der Feier noch Gelegenheit genug.

Endlich konnten uns nun auch alle anderen gratulieren. Einer nach dem anderen umarmte und küsste uns: es war anstrengend und ich wünschte, ich könnte mich endlich auf einen der Stühle setzen. Cara musste es in ihren Schuhen mit den hohen Absätzen noch schwerer fallen als mir, aber als ich sie anschaute lächelte sie, als ob es ihr nichts ausmachen würde. Doch ich wusste, dass sie erschöpft war und sich nach ein wenig Ruhe sehnte. Als auch die letzten Hochzeitsgäste uns ihre guten Wünsche mit auf den Weg gegeben hatten und die Geschenke alle fein säuberlich auf dem großen Tisch unter den Pinien lagen, nahm ich Cara beiseite und sagte leise zu ihr, dass wir für einen kurzen Moment uns auf die Bank hinter der Kirche setzen wollen.

Es tat so gut endlich sitzen zu können und Cara streifte ihre Schuhe von den schmerzenden Füßen. Sie war es nicht gewohnt in hohen Schuhen zu laufen; meistens trug sie sportliche, bequeme Schuhe. Was auch vernünftig war. Aber die hätten ja zum Brautkleid nicht gut ausgesehen. Langsam kam wieder Leben in uns und gerade, als wir wieder zu den anderen gehen wollten, kamen meine Eltern um die Ecke. Ihnen war es natürlich nicht entgangen, dass wir beide hinter der Kirche verschwunden waren. Sie kannten natürlich die kleine Bank; hatten sie doch selber schon oft genug darauf gesessen. Meine Mutter hielt einen Stoffbeutel in der Hand den sie Cara überreichte. Schuhe waren darin, weiße, flache Schuhe und Cara zog sie dankbar an. Die hohen Schuhe tat sie in den Beutel und ließ ihn auf der Bank liegen. Hier nahm niemand etwas weg.

Gemeinsam gingen wir zu den anderen.

Es wurde ein wunderschönes Fest bei dem viel gesungen, getanzt und gelacht wurde. Das Essen war ausgezeichnet und der Rotwein hob von Stunde zu Stunde die Stimmung.

Erst in den frühen Morgenstunden legten die Musiker ihre Instrumente beiseite und verabschiedeten sich. Einige Gäste waren schon gegangen, denn für sie war morgen wieder ein Arbeitstag und etwas schlaf brauchten sie auch. Wir beschlossen mit den noch verbliebenen Gästen hinunter zum Strand zu gehen. Wir wollten uns den Sonnenaufgang nicht entgehen lassen. Einige Fischerboote waren bereits wieder auf dem Meer und wir setzten uns in den Sand. Erwartungsvoll blickten wir gen Osten und es dauerte nicht lange, als sich die Sonne aus dem Meer erhob. Leuchtend rot schimmerte sie am Horizont.

In diesem magischen Moment erreichte unser Hochzeitsfest seinen Höhepunkt. Auf den Booten machten die Fischer ihre Laternen an und ein Boot nach dem anderen fuhr an uns vorbei.

Cara und ich saßen eng umarmt im Sand und waren berührt von diesem Anblick. Damit hatte keiner von uns gerechnet und unsere Gäste waren sprachlos. Manch eine Träne floss in diesem Augenblick.

Die Sonne stand nun in ihrer ganzen Pracht am Himmel und es war Zeit, das Fest zu beenden. Wir spürten die Müdigkeit und die Augen fielen uns langsam zu.

Alle machten sich auf ihren Heimweg. Nikos ging mit uns, denn er wohnte ja in unserem Haus. Unsere Eltern und Verwandte, die bei uns übernachteten, waren schon früher gegangen. Meine Mutter war bereits wieder auf den Beinen und öffnete uns die Tür. Sie führte Cara und mich zu unserem Hochzeitszimmer, das sie so liebevoll vorbereitet hatte.

Wir umarmten uns und dann trug ich Cara über die Schwelle.

Leise schloss meine Mutter die Tür hinter uns.

Oh, süße erste gemeinsame Nacht, nie werde ich sie vergessen……


Langsam trat wieder der Alltag in unser Leben und wir waren dabei, unsere Sachen einzupacken, die wir mitnehmen wollten. Es war vereinbart, dass Cara und ich bei meinen Eltern im Haus zwischen den Kornblumen Feldern leben sollten. Nikos bewohnte unser Haus am Meer. Es war nicht so weit voneinander entfernt und einen Bus gab es auch, sodass wir uns beide jederzeit treffen konnten. Das Haus in den Kornblumen Feldern hatte noch einen kleinen Anbau, der unser neues zu Hause sein würde. Alles war soweit fertig und vorbereitet und wir brauchten nur noch unsere Sachen und die Hochzeitsgeschenke einräumen. Es war perfekt, denn Cara und ich konnten morgens mit meinem Vater zusammen in die Kleinstadt fahren. Ich ging dann zu meiner Arbeit bei der Zeitung und Cara konnte den kleinen Laden weiter führen. Abends fuhren wir dann wieder gemeinsam nach Hause. Meine Mutter kochte für alle das Abendessen und danach saßen wir meistens gemeinsam vor dem Haus. Es gab wenige Stunden in denen wir uns zurück zogen um allein zu sein. Wir liebten das Familienleben.

Es war noch nicht ein Jahr vergangen, als Cara mir freudig sagte, dass wir ein Baby erwarten. Ich konnte mein Glück kaum fassen und wirbelte sie in der Luft herum. Ganz vorsichtig setzte ich sie wieder ab. Das brachte Cara zum lachen und sie meinte: „Ich bin nur schwanger und nicht aus Watte." Wir hatten Spätherbst und unser Kind würde dann im Sommer auf die Welt kommen. Wir gingen gleich rüber zu meinen Eltern um ihnen die freudige Botschaft mitzuteilen. Sie waren ganz aus dem Häuschen; hatten sie sich doch viele Enkelkinder gewünscht. Vor allem meine Mutter, da sie nur mich als einziges Kind hatte. Mein Vater meinte, wir sollten auf der Stelle zu Caras Eltern fahren, damit sie auch davon erfuhren. Gesagt, getan und auch bei ihren Eltern lösten wir mit unserer Mitteilung große Freude aus. Sie waren bereits Großeltern und doch waren sie jedes mal voller Freude, wenn eines ihrer Kinder ihnen sagte, dass ein neuer Erdenbürger auf die Welt kommen würde. Sie luden uns ein, zum Abendessen zu bleiben. Danach machte wir uns schnell auf den Heimweg.

Während der Schwangerschaft ging es Cara gut, alles war in Ordnung und der Tag der Niederkunft stand bevor. Die ersten Wehen kamen und wir machten uns auf zum Krankenhaus. Mein Vater fuhr so schnell er konnte, denn, die Wehen kamen auf einmal Schlag auf Schlag und es hatte den Eindruck, als wollte das Baby bereits im Auto zur Welt kommen. Cara schrie vor Schmerzen und ich konnte nichts weiter tun, als ihr immer wieder gut zu reden. Mit quietschenden Bremsen hielten wir vor dem Krankenhaus. Mein Vater rannte hinein und erklärte kurz

die Situation und sofort holten zwei
Pfleger eine fahrbare Trage und legten
Cara darauf. Sie wimmerte nur noch
vor Schmerzen. Ich fühlte mich so
ohnmächtig wie nie zuvor in meinem
Leben. Eine Ärztin kam herbei geeilt
und kümmerte sich um meine Frau.
Dann wurde Cara in eines der vielen
Krankenzimmer geschoben.
Wir konnten von nun an nur noch
warten.
Stunden vergingen. In der Zwischenzeit
war Cara in den Operationssaal
gebracht worden. Soviel hatten wir
erfahren, dass dringend ein
Kaiserschnitt gemacht werden musste,
da das Baby nicht wie sonst üblich, im
Mutterleib lag. Es war auch unmöglich
es zu drehen. Ich bekam es mit der
Angst zu tun und meinen Eltern ging
es ebenso.

Nach 7 Stunden kam die Ärztin mit ernster Miene zu uns. Wir ahnten schlimmes. Sie sagte uns, dass mit meiner Frau alles in Ordnung ist, aber das Baby hatte den Kampf leider nicht überlebt. Sie haben alles versucht, aber die Kleine war zu schwach; ihr Herz schlug nur wenige Minuten nachdem man sie auf die Welt geholt hatte. Man hatte Cara ein Beruhigungsmittel. Sie schlief jetzt.

Kommen sie morgen wieder hatte die Ärztin damals gesagt, heute wird ihre Frau nicht mehr ansprechbar sein.

Wir weinten als wir zum Auto gingen. Wir standen früh auf um zu Cara zu fahren. Geschlafen hatte wohl kaum einer von uns. Wir tranken schnell unseren Espresso und gingen eiligst zum Auto. Keiner sprach ein Wort während der Fahrt.

Dort angekommen, führte eine Schwester uns sofort zu Caras Zimmer. Meine Frau war bereits wach als wir eintraten und eine Schwester saß bei ihr. Cara sah sehr mitgenommen aus und man sah, dass sie geweint hatte. Die Schwester erhob sich und ging aus dem Zimmer. Weinend lagen Cara und ich uns in den Armen; meine Eltern saßen an ihrem Bett und sie ließen ihren tränen freien Lauf.

Von einer Minute zur anderen hatte sich unser aller Leben verändert. Ich ahnte damals nicht, dass es nie wieder werden würde wie zuvor. Lange waren wir mit Cara alleine in dem Zimmer, als die Tür aufging und die Ärztin herein kam. Sie bat uns mit zu kommen. Vor der Tür fragte sie uns, ob wir die Kleine sehen möchten. Wir wollten sie sehen und gingen mit

der Ärztin zu einem anderen Zimmer.
Da lag sie, meine kleine Tochter, in der
Kleidung, die Cara und ich für das
Baby ausgesucht hatten. Es war eine
neutrale Farbe, da ja niemand wusste,
ob es ein Mädchen oder Junge werden
würde. Dunkle Locken schauten unter
dem kleinen Mützchen hervor.
Zärtlich nahm ich meine kleine, tote
Tochter in meine Arme und küsste sie.
Meine Tränen benetzten ihr kleines
Gesichtchen. Ein nie gekanntes Gefühl
stieg in mir hoch.
Ein Gefühl von unsagbarer Liebe und
Schmerz...
Ich hatte es gar nicht bemerkt, dass
auch Caras Eltern gekommen waren.
Auch sie wollten Abschied nehmen von
unserer Tochter.
Zusammen gingen wir zu Cara und
wieder saß eine Schwester an ihrem

Bett. Die Ärztin hatte vorhin gemeint, dass es nicht gut ist, Cara allein zu lassen in ihrem Schmerz. Alle waren froh, dass sich so fürsorglich um Cara gekümmert wurde.

Eine Woche später durften wir Cara mit nach Hause nehmen. Nach wie vor ging es ihr seelisch nicht gut und die Ärztin empfahl uns, einen Spezialisten aufzusuchen. Was wir auch taten.

Doch vorher mussten wir unsere kleine Stella beerdigen. Cara bestand darauf, dass wir sie zur letzten Ruhe auf dem Friedhof am Meer betten sollten. Ich habe nie gefragt, warum sie es so wollte.

Wir hatten ihr den Namen Stella gegeben, weil sie wie ein Stern in unser Leben kam; ein Stern, dem nur wenige Minuten blieben um zu leuchten.

Gianni wischte sich die Tränen vom

Gesicht. Auch nach Jahrzehnten tat die
Erinnerung an dieses schmerzliche
Ereignis so weh, als ob es gestern war.
Es wurde eine feierliche Beerdigung an
der viele Menschen teilnahmen und
unseren Schmerz teilten.
Gleich nach der Beerdigung wollte
Cara wieder zurück fahren.
Wir verabschiedeten uns von Nikos und
er versprach, nächstes Wochenende zu
uns zu kommen.
Es war Sommer und die Kornblumen
waren voll erblüht. Ihr Blau leuchtete
in der Sonne. Es war wieder einmal ein
Kornblumen Sommer, der unvergessen
bleiben würde für immer. Cara bat
mich darum, mit ihr durch die Felder
zu gehen. Es schien ihr gut zu tun; sie
hatte aufgehört zu weinen und ging
ruhig neben mir her. Doch das sollte
ein Trugschluss sein, denn es war der

Eintritt in ihre eigene Welt. Einer Welt, zu der nur sie Zutritt hatte und das über viele Jahre.

Wie die Ärztin geraten hatte, waren wir zu einem Spezialisten gegangen, doch er konnte nicht helfen. Da Cara aber ruhig war und nur für vieles nicht mehr ansprechbar, riet er uns nicht zu irgendwelchen Medikamenten. Leben sie so damit, auch, wenn es für sie schwer ist, hatte er damals zu mir gesagt. Ich liebte meine Frau und ich fügte mich in mein Schicksal. Für Cara war die Welt in Ordnung. Das Einzige, was sie natürlich nicht mehr machen konnte war, im Geschäft ihrer Familie arbeiten. So blieb sie zu Hause bei meiner Mutter während ich bei der Arbeit war. Da ich vieles von daheim erledigen konnte, war ich nie den ganzen Tag weg. Cara half meiner

Mutter bei den täglichen Dingen und wenn es ihr zu viel wurde, dann legte sie sich hin. Alles lief reibungslos und ohne besondere Vorkommnisse. Wir hatten uns alle mit Caras Krankheit abgefunden und hofften insgeheim, dass sie eines Tages daraus erwachen würde.

Der tägliche Spaziergang durch die blauen Kornblumen Felder, auf den Cara bestand, war für uns beide zum festen Ritual geworden.

Es wurde für viele Jahre unser Kornblumen Sommer.

...ich habe sie geliebt, meine Cara

So verging ein Jahr nach dem anderen. Cara blieb in ihrer Welt. Meine Eltern waren alt geworden und brauchten hin und wieder meine Hilfe. Mit Nikos traf ich mich immer öfter. Er hatte seine

Gedichte in Büchern nieder geschrieben und reiste nur ab und zu noch einmal zu Lesungen oder, wenn er einen Preis erhalten sollte für eines seiner Werke. Ich hatte viel von ihm gelernt und auch ein Buch veröffentlicht, doch der große Erfolg, wie bei Nikos, blieb bis jetzt aus. Mir fehlte einfach die Zeit für irgendwelche Lesungen; ich konnte nicht so lange von zu Hause wegfahren und meine Eltern mit Cara alleine lassen. Sie sagten zwar, dass ich es machen sollte, aber ich brachte es nicht übers Herz. So blieb ich bei der Zeitung und hatte jeden Monat mein festes Einkommen. Meine Eltern fuhren auch nicht mehr jedes Wochenende ans Meer; es war ihnen zu anstrengend geworden und sie wussten unser Haus bei Nikos in guten Händen. Cara wollte nicht mehr ans Meer fahren und so blieben wir zwischen den Kornblumen Feldern. Caras Eltern waren inzwischen beide verstorben, aber sie reagierte nicht darauf, als wir es ihr sagten. Vielleicht war es auch besser so. Sie hatte auch mit keiner Silbe unsere Tochter mehr erwähnt. Alles, was wir für unser Baby gekauft hatten, hatte sie damals in eine Kiste gepackt und verschlossen.

Wir lebten miteinander, aber nicht wie Mann und Frau. Es gab viele Nächte, da sehnte ich mich so sehr nach ihren Umarmungen, nach ihren Küssen, aber es sollte nicht sein. Das war der Preis, den ich zahlte, dass mein Verlangen nie mehr gestillt werden würde von meiner Frau. Aber ich liebte sie trotzt allem zu sehr, als das ich jemals an eine andere Frau gedacht hatte, die mein Verlangen hätte stillen können.

So blieb es bis heute. Es hat nie eine andere Frau in meinem Leben gegeben.

Dann kamen zwei traurige Winter für uns. In dem einen Jahr verstarb mein Vater und in dem darauffolgenden Jahr auch meine Mutter. Sie war nach dem Tod ihres Mannes nur noch ein Häufchen Unglück und eines Morgens war sie nicht wieder aufgewacht. Wie schlafend lag sie in ihrem Bett als ich sie fand. Ein friedlicher Tod,aber für ein großer Schmerz. Zum ersten Mal seit Jahren sah ich, dass meine Frau Tränen in den Augen hatte. Der Plötzliche Tod meiner Mutter hatte irgendetwas in ihr geweckt, denn sie sagte zu mir, dass wir in diesem Jahr unseren letzten Sommer zwischen den Kornblumen Felder verbringen werden, weil sie danach in unserem Haus am

Meer leben wollte. Ich hatte nichts dagegen, zumal das Haus am Meer uns gehörte und es genug Platz bot, damit auch Nikos dort weiter leben konnte. Eigentlich war ich froh darüber. Meine Eltern lebten nicht mehr und Caras Eltern auch nicht; das Einzige was noch blieb waren die Erinnerungen. Vielleicht ist es gut, wenn wir in eine andere Umgebung ziehen, zumal es ja auch eine uns vertraute Umgebung war.

Ein letztes Mal spazierten wir durch die Kornblumen Felder, denn morgen sollte unser Umzug stattfinden.

Gepackt hatten wir alles und was wir nicht mitnehmen wollten, sollten wir dort lassen hatte man mir gesagt. Das Haus wurde ja damals meinem Vater zugeteilt, als er in der Kleinstadt den Arbeitsplatz im Hotel bekam.

So machten wir es, denn in unserem Haus am Meer hatten wir eigentlich alles was wir brauchten. Nur die Möbel, die Cara und ich gemeinsam gekauft hatten, nahmen wir mit.

Nikos hatte uns geholfen und er konnte den Wagen mit den Möbeln fahren, während Cara und ich in dem Wagen meines Vaters fuhren. Ich hatte das Auto behalten, auch wenn es schon sehr alt war, denn wir mussten ja in die Kleinstadt zum einkaufen fahren. Ich hatte den Eindruck, dass Cara sich auf den Umzug freute, denn es lag ein Lächeln auf ihrem Gesicht. Es war keine lange Strecke und so waren wir schnell bei unserem Haus. Nikos war dicht hinter uns gefahren und ich sah, dass er gerade um die Ecke fuhr. Er hielt genau vor dem Haus und wir konnten gemeinsam alles einräumen.

Cara ging gleich in die Küche um für alle einen Espresso zu kochen. Obwohl sie die meiste Zeit in ihrer Welt lebte, waren ihr die alltäglichen Dinge nicht verloren gegangen und sie konnte sie ohne weitere Mühe bewerkstelligen.

Wir tranken unseren Espresso und auf einmal sagte Cara mit lauter Stimme: „Ich gehe jetzt zum Friedhof."

Nikos und ich schauten sie verdutzt an. „Ich möchte unsere Stella besuchen," sagte sie. Dann drehte sie sich um, holte ihren schwarzen Umhang und verließ das Haus.

Mir war flau im Magen und ich wollte ihr hinterher gehen, aber Nikos hielt mich zurück. „Ihr kann hier nichts passieren und wenn sie in einer Stunde nicht zurück ist, dann können wir nach ihr sehen," sagte er zu mir. Gut, werden wir warten und hoffen, dass alles gut geht. Dachte ich bei mir. Ich räumte die letzten Sachen weg und dann ging ich zu Nikos in die Küche. Er war dabei, sich um das Mittagessen zu kümmern. Hunger hatte ich und ich brach mir ein Stück von dem frischen Brot ab, das eine Nachbarin uns an die Tür gehängt hatte. Dann half ich Nikos. Sicherlich hatte Cara auch Hunger wenn sie zurück kommt. Nikos und ich unterhielten uns angeregt, als die Tür aufging und Cara herein kam. Sie gab mir einen Kuss auf die Wange und verschwand in unserem Schlafzimmer. Ich war froh, dass sie wieder da war. Nach wenigen Minuten kam Cara zu uns und half beim Essen kochen. Ich deckte den Tisch und schnitt das gute Weißbrot in Scheiben. Ohne Brot war es für uns kein Essen und die Flasche Rotwein durfte bei keiner Mahlzeit

fehlen; ebenso wenig wie die Flasche
Wasser und die Oliven.

Cara füllte die leckeren Spaghetti auf
die Teller und wir konnten mit dem
Essen beginnen. Es schmeckte allen
vorzüglich und keiner sagte ein Wort.
Die Teller waren leer und der erste
Hunger gestillt. Nikos ging in die Küche
und holte die gebackenen Auberginen
aus dem Ofen. Wie das duftete, es war
eines meiner Lieblingsgerichte und mir
lief das Wasser im Munde zusammen.
Alle aßen mit großem Appetit, sogar
Cara, die sonst meistens wie ein Spatz
gegessen hatte.

Nach dem Essen wollten wir uns ein
wenig ausruhen. Der Tag war bis jetzt
doch ziemlich anstrengend.

Kaum war ich mit Cara in unserem
Schlafzimmer verschwunden, als sie
mir von dem Besuch auf dem Friedhof

erzählte. Die Dorfbewohner hatte sich die ganzen Jahre mit um unser Grab gekümmert, als meine Eltern nicht mehr kamen. Auch Nikos hatte sich darum gekümmert und immer einige Blumen auf das Grab gelegt. Cara war sichtlich gerührt, dass sie das Grab von unserer Stella in einem so gepflegten Zustand vor fand. Es war keine Spur von Traurigkeit in ihrer Erzählung, ihre Augen leuchteten als sie mir alles erzählte.

,,Morgen werde ich wieder hingehen,'' sagte noch zu mir bevor ihr die Augen zufielen.''

Vielleicht.......

Aber ich glaubte nicht an ein Wunder. Cara war schon zu viele Jahre krank. Doch sie blühte von Tag zu Tag mehr auf. Es war, als ob neue Energie in ihren Körper und ihre Seele kam. Sie

Besuchte jeden Tag das kleine Grab und pflegte es liebevoll. Auch ging sie mit mir an den Strand und im Dorf spazieren. Ja, sie sprach sogar mit den Leuten. Etwas, was sie alle die Jahre nicht gemacht hatte. Außer mit der Familie hatte sie mit niemanden gesprochen. Ich freute mich darüber, denn auch für mich war ihr Zustand eine große Belastung in den vielen Jahren ihrer Krankheit. Wenn es ihr besser ging, dann ging es auch mir besser.

Leise ging ich aus dem Zimmer; ich konnte nicht schlafen. Ich ging ins Wohnzimmer und nahm mir ein Buch aus dem Regal um zu lesen.

Ganz vertieft in mein Buch hörte ich nicht, dass Nikos herein kam und erst, als er mich ansprach, registrierte ich ihn. Er wollte sich auch mit einem

Buch die Zeit vertreiben, da er zum arbeiten heute keine Lust mehr hatte. Warum nicht, morgen ist auch noch ein Tag und die Arbeit läuft nicht weg.

Zwischen Nikos und mir hatte sich im Laufe der vielen Jahre eine innige Freundschaft entwickelt, man konnte fast sagen, es war so etwas wie brüderliche Liebe.

Jetzt, wo wir beide unter einem Dach leben, konnten wir uns gemeinsam auf unsere Arbeit konzentrieren. In den ganzen Jahren hatte ich an meinen Gedichten und Geschichten gearbeitet, aber ich war nie zufrieden. Nikos hatte mir erzählt, dass, als er eines meiner Gedichte auf einer Lesung vortrug, die Leute begeister applaudiert hatten und sich nach dem Poeten erkundigten. Damals konnte ich aber nicht so weiter

machen, wie ich es eigentlich wollte,
denn die Krankheit von Cara machte
mir einen Strich durch die Rechnung.
Jetzt hatte sich alles geändert und
auch, wenn wir mittlerweile schon
längst die Lebensmitte überschritten
hatten, es war nie zu spät für einen
Neuanfang.
Ich war noch in Gedanken, als die Tür
geöffnet wurde und Cara uns rief. Sie
hatte bereits einen Espresso gekocht
und wir gingen zu ihr in die Küche.

So lebten wir die nächsten Jahre und
waren zufrieden mit unserem Leben.
Cara tat das, was sie mir gesagt hatte
und besuchte jeden Tag das Grab
unserer Tochter und Nikos und ich
arbeiteten an unseren Werken. Wir
gingen alle gemeinsam an den Strand
und einige Freunde aus meinen frühen

Kindertagen gesellten sich zu uns. Was mich am meisten freute war, dass Cara sich einer Gruppe Frauen aus dem Dorf angeschlossen hatte und sich einmal in der Woche mit ihnen traf. Es war einfach nur ein Treffen, bei dem sich unterhalten wurde und bei dem sie Neuigkeiten austauschten. Die Frauen wussten um Caras Krankheit und gingen überaus sensibel mit ihr um. So freute sich Cara immer auf das wöchentliche Treffen. Einmal hatte das Treffen auch bei uns stattgefunden und Cara hatte sich große Mühe gegeben, die Frauen zu bewirten. Aber dabei blieb es dann; sie ging danach nur noch zu den anderen Frauen.

Es waren knapp 10 Jahre, die wir nun schon hier am Strand lebten, als eines Tages Cara zu mir sagte, dass es ihr nicht gut geht. Es kam ganz plötzlich, denn zuvor war nichts davon zu merken, dass sie sich irgendwie veränderte oder es ihr schlecht ging. Wir suchten sofort das Krankenhaus auf und Cara wurde gründlich untersucht. leider hatte der Arzt keine gute Diagnose für uns bzw., er sagte es mir allein als Cara im Nebenzimmer war. Er teilte mir mit, dass meine Frau Krebs hat und sie muss es wohl schon sehr lange haben, denn Aussicht auf Heilung war in diesem Stadium nicht mehr möglich. Das war ein sehr großer Schock für mich und der Arzt meinte noch, wenn ich es für mich behalten kann, dann sollte ich es tun, denn Cara hätte nicht mehr lange zu leben.

Ich bat den Arzt mich für einen Moment allein zu lassen und er verließ das Zimmer.

Ich bin, wie alle hier, katholisch, doch ich war nie gläubig und ging auch nur zu besonderen Anlässen in die Kirche, doch in diesem Moment der inneren Verzweiflung fragte ich Gott, warum er mir eine weitere, schwere Bürde auferlegt hat. Ich war am Ende meiner Kraft.

Als ich zu Cara und dem Arzt ging, war ich innerlich wie versteinert. Ich ließ mir nichts anmerken und ich beruhigte meine Frau mit einer Lüge. Nur Nikos sagte ich die Wahrheit.

Wir lebten weiter, als wäre nichts geschehen, bis der Tag kam, an dem Cara nicht mehr das Bett verließ. Ich schob die Ursache auf eine Erkältung um sie nicht zu beunruhigen und sie glaubte mir.

Ich saß an ihrem Bett und 3 Tage später schlief sie friedlich ein.

Schmerzen hatte sie in den ganzen Jahren mit der Krankheit keine gehabt und das war für mich ein kleiner Trost.Cara wurde bei unserer Stella beigesetzt; sie waren jetzt für immer vereint.

Von nun an besuchte ich jeden Tag das Grab und Nikos begleitete mich.

Ich war froh, ihn an meiner Seite zu haben.

Doch manchmal gab es Momente, da wollte ich alleine sein. Wenn das Leid aus mir herausbrach und ich meiner Tränen nicht Herr werden konnte.

Wie schön hatten Cara und ich uns unsere gemeinsame Zukunft gedacht. Wir wollten Kinder und ein glückliches Familienleben führen.

Zwei Jahre war uns das vergönnt, bevor das Schicksal unbarmherzig zugeschlagen hat.

Zwei Jahre hatten wir Hoffnung auf einen immer neuen Kornblumen Sommer. Die Sommer kamen und auch die Kornblumen, aber die Hoffnung auf ein gemeinsames Glück kam nie mehr zurück.

Von nun an lebten Nikos und ich allein. Wir stürzten uns in unsere Arbeit und schickten einige unserer Gedichte an seinen Verlag. Wir wollten ein Buch mit Gedichten, die wir schon lange geschrieben hatten, veröffentlichen. Der Verlag fand die Idee gut, dass wir uns zusammen getan haben.

Nun hieß es abwarten.

Doch es dauerte nicht allzu lange, da erhielten wir einen Probedruck von dem Buch. Wir waren begeistert, es war sehr gut geworden und es sah schlicht und elegant aus. So konnte es veröffentlicht werden. Das hatten wir dem Verlag umgehend mitgeteilt.

Zwei alte Männer, die sich über ihr gemeinsames Buch freuten.

Doch, es kam anders......

Bei einem Spaziergang am Strand erlitt Nikos einen Herzinfarkt. Jede Hilfe war vergebens; er verstarb in meinen Armen.

Nun war ich völlig allein und nichts und niemand war da, um meinen Schmerz zu teilen.

Ich wünschte mir den Tod. Was sollte ich noch auf dieser Welt. Alles, woran mein Herz hing, war mir genommen. Eine innere Stimme verbot mir, diesen Gedanken weiter zu denken.

Stattdessen kam mir in den Sinn, dass Nikos in seinem Inneren wohl auch ein einsamer Mensch gewesen sein muss. Er ließ sich nie etwas anmerken, aber er hatte seine beiden Eltern sehr früh verloren, lebte fern seiner griechischen Heimat und eine Frau wurde nie die Seine. Er hatte es alle die Jahre in seinem Herzen und doch war er immer fröhlich.

Nikos wurde bei meiner Cara und Stella beerdigt.

Mechanisch tat ich alle die Dinge, die getan werden mussten. Nachbarinnen brachten mir warmes Essen und sie versuchten mir zu helfen. Aber ihre Worte glitten an mir ab. Noch war der Schmerz zu groß und ich gab mich meiner Trauer hin.

Meiner Trauer und Einsamkeit.

Eines Tages klopfte es an meiner Tür. Ich ging um zu öffnen und ein alter Mann stand vor mir. Ich erkannte ihn nicht und erst, als er mich ansprach, erkannte ich die Stimme von Franco. Der beste Freund aus meiner Schulzeit in der Kleinstadt. Er hatte von mir und meinem traurigen Schicksal gehört und wollte mich sehen. Sein Cousin, der hier im Dorf gelebt hatte und damals mein Freund war, hatte ihm von mir erzählt.

Ich war froh ihn zu sehen und bat ihn herein zu kommen. Er schaffte es, mich aus meiner Lethargie zu holen und ich kochte einen Espresso für uns und legte alles für ein kleines Frühstück auf den Tisch. In der Zwischenzeit erzählte er mir von sich und wie es ihm in den Jahren ergangen war. Auch er musste Schicksalsschläge hinnehmen. Ich fühlte mich auf einmal nicht mehr so allein mit meinem Leid; es war gut, dass er gekommen war. Wir erzählten uns unser gesamtes Leben und wir beide merkten, dass es jedem von uns gut tat. Ich lud Franco ein, über Nacht zu bleiben, da ich ja genügend Platz hatte. Er nahm meine Einladung gerne an. Franco blieb eine ganze Woche und als er sich verabschiedete sagte er zu mir:

„Du bist immer willkommen bei mir; komm, wann immer du willst."

Wir umarmten uns und ich versprach, ihn zu besuchen.

Ich war so froh, dass Franco im richtigen Moment zu mir kam, um mich aus meiner Depression zu reißen. Ich ging wieder unter Menschen und war in der Lage, mich um alles selber kümmern. Nicht mehr mechanisch, sondern bewusst. Die Trauer steckte nach wie vor in mir, aber ich hatte sie jetzt im Griff.

Hatten doch auch andere Menschen ihr
Päckchen zu tragen. Nur, das vergisst
man, wenn man in seinem eigenen
Schmerz gefangen ist.
Die Nacht hatte sich über dem Dorf
gesenkt. Alles war so ruhig. Kein
Mensch war in den Straßen zu sehen.
Behütet vom Licht des Mondes und
den funkelnden Sternen am Himmel
lag ein tiefer Frieden über dem Dorf.
Doch ich konnte nicht schlafen.......

Mein Blick schweifte durch den Raum.
So viele Bücher hatten sich im Laufe
von Jahrzehnten angesammelt. Bücher,
an denen mein Herz hängt. Ja, ich
hatte eine eigene kleine Bibliothek
geschaffen und ich verbrachte viele
Stunden in ihr. Doch, ich sah auch,
dass die Regale längst zu voll waren.
Musste ich doch bereits viele Bücher

auf die anderen legen. Kein besonders schöner Anblick. Bereits vor Jahren hatte ich beschlossen neue Regale zu kaufen, aber ich hatte es immer wieder verschoben.

Heute Nacht störte mich dieses kleine Chaos und ich begann einige Bücher den Regalen zu entnehmen. Ich schaute die Bücher an und legte sie wieder beiseite.

Bücher der Wissenschaft, Bücher über die Historie und Bücher der Poesie...

Letzteres, ein Buch der Poesie, einst geschrieben von einem Mann, mit dem ich fast mein Leben lang befreundet war. Von Nikos....

Zwei Männer mit den gleichen Interessen, mit der Liebe zur Poesie. Ich erinnerte sich nur zu genau an damals, als mein Vater mir dieses gekauft hatte. Ich liebte diese Art der tiefen Poesie, die Wahl seiner Worte dieses so faszinierenden Poeten und Mannes.

Jahre später sollte ich diesem Mann persönlich begegnen.

Wir wurden Freunde für das ganze Leben. Wir wurden Brüder.

Ich vergaß alles um mich herum und begann in dem Buch zu lesen. Zeile für Zeile wärmte mein Herz und ließ mich eintauchen in eine andere Welt.

In die Welt der Poesie......

Erst, als die Sonne ihre ersten Strahlen auf die Erde schickte, legte ich das Buch beiseite.

Ich blickte mich im Zimmer um und legte die bereits heraus genommen Bücher einfach wieder auf die anderen Bücher. Nun sah es noch chaotischer aus als zuvor.

Aber was bedeutete das schon?

Gar nichts! Wichtig ist nur, dass mitten im Chaos sich die Schätze der Erinnerungen verbergen. So, wie heute Nacht, als meine Hand dieses Buch von Nikos aus dem Regal nahm......

So, wie es ist, ist es gut; es gibt nichts zu ordnen.

An all das erinnerte ich mich, als die Sonne bereits wie ein roter Feuerball über dem Meer stand. Ich schaute zum Horizont und auf einmal war mir, als ob sich das Meer in blaue Kornblumen Felder verwandelt hatte. Sie wiegten ihre kleinen Köpfe im Sommerwind.....

Wie damals, als ich mit Cara glücklich war in unseren Kornblumen Sommer

...ich werde sie immer lieben.

131